थरथराहट

[कविता-संग्रह]

थरथराहट

आस्तीक वाजपेयी

राजकमल प्रकाशन

ISBN : 978-81-267-3016-2

मूल्य : ₹350

पहला संस्करण : 2017

प्रकाशक : राजकमल प्रकाशन प्रा.लि.
1-बी, नेताजी सुभाष मार्ग, दरियागंज
नई दिल्ली-110 002

शाखाएँ : अशोक राजपथ, साइंस कॉलेज के सामने, पटना-800 006
पहली मंजिल, दरबारी बिल्डिंग, महात्मा गांधी मार्ग, इलाहाबाद-211 001
36 ए, शेक्सपियर सरणी, कोलकाता-700 017

वेबसाइट : www.rajkamalprakashan.com
ई-मेल : info@rajkamalprakashan.com

मुद्रक : बी.के. ऑफसेट
नवीन शाहदरा, दिल्ली-110 032

THARTHARAHAT
Poems by Aasteek Vajpeyi

भूमिका

मुझे वह क्षण याद नहीं जब मैंने सबसे पहले कविताएँ लिखना शुरू किया लेकिन मुझे यह ज़रूर याद है कि जब मैंने पहली बार कविता लिखी थी, बहुत आनन्द आया था।

लेकिन यह कहना बेईमानी होगी कि कवि केवल आनन्द के लिए लिखता है। यदि ऐसा होता तो किसी भी कवि को अपनी कविता प्रकाशित करवाने की कोई आवश्यकता नहीं होती। लेकिन कवि के रूप में मैं सिर्फ आन्तरिक आनन्द के लिए नहीं लिखता हूँ। मैं दूसरों से कुछ कहना भी चाहता हूँ और चाहता हूँ कि मैं समझ भी पाऊँ कि जिन्हें मैं दूसरा कह रहा हूँ वे हैं कौन।

यह कविताएँ लगभग दस साल के दौरान लिखी गई कविताएँ हैं और दस साल के हिसाब से कुछ अधिक न लिख पाने के बोध से मैं मुक्त नहीं हो पाता हूँ। लेकिन मेरी कामचोरी के अलावा इसका सबसे बड़ा कारण यह है कि मैं ख़ुद को दोहराने से बचने की कोशिश करता रहा हूँ। मैं ख़ुद को नहीं बदल सकता, न ही अपने अनुभवों को और न ही अपनी स्मृतियों को जिनके गर्भ से ये कविताएँ निकली हैं। मैं कोशिश करता हूँ अपने चित्त और दुनिया को देखने के नज़रिये को बदलने की। यह कोशिश सफल हो पाती है या नहीं यह तो पाठक बेहतर बता सकते हैं। लेकिन हिन्दी में कविताएँ लिखनेवाला पाठकों को भी तो एक श्रेणी की तरह पहचान नहीं सकता। मैं फेसबुक पर नहीं हूँ, न ही ट्विटर पर ही हूँ, लेकिन दूसरों से उतना ही जुड़ने की ललक मुझमें भी है।

मैं केवल कोरे पन्ने पर लिखता हूँ और हिन्दी में कम्प्यूटर

पर टाइप करना नहीं जानता। फिर मैं यह दावा कैसे कर सकता हूँ कि मैं दूसरों से जुड़ने की कोशिश करता हूँ।

वही प्रश्न फिर उठता है कि मैं लिखता क्यों हूँ? मुझे लिखने में मज़ा क्यों आता है? मैं आधुनिक समय के उपकरणों से ख़ुद को बेरुख रखकर दूसरों से कुछ कहने का दावा कैसे कर सकता हूँ?

मान लीजिए एक माली है जो रोज़ एक बगीचे में पेड़ों को सींचने जाता है। उस बगीचे में इक्का-दुक्का लोगों के अलावा उसे और कोई नहीं जानता। फिर वह काम क्यों करता है। वहाँ कोई जानता तक नहीं है कि उस बगीचे का माली वह है फिर वह क्यों जाता है बगीचे में? क्योंकि वह रोज़ वहाँ जाकर धीरे-धीरे ख़ुद को बदलते हुए महसूस करता है। क्योंकि दूसरे केवल बाहर नहीं, ढेरों दूसरे मेरे अन्दर भी मौजूद हैं जैसे उस माली और हर इन्सान के अन्दर होते हैं। मैं लिखकर किसी को नहीं बदलना चाहता, मैं लिखकर कुछ बदलना चाहता हूँ।

मेरी अपने शहर से दूर नौकरी लग गई है और मुझे नहीं पता कि मैं कभी प्रकाशित होने के लिए अगली बार अपनी कविताएँ टाइप करवा पाऊँगा या नहीं, लेकिन मैं लिखना चाहता हूँ भले ही किसी और को फर्क न पड़े। मैं लिखना चाहता हूँ क्योंकि यह ज़िन्दगी हम सबको कैद करती है अपने मोह और चिन्ताओं में, लेकिन हर व्यक्ति इससे आज़ाद हो जाने के औज़ारों के साथ पैदा होता है। लिखना मेरा औज़ार है। लिखने से मैं अपने जीवन में जीवन से आज़ाद हो सकूँगा। इसलिए कविताओं की सीढ़ी एक-एक पाये करके पिरोयी हैं और कारावास की खिड़की में से रोशनी तक पहुँचने की कोशिश कर रहा हूँ।

मैं बस एक बार अपने चित्त की खिड़की से बाहर देखना चाहता हूँ। बस एक बार। और पाठक से अपनी उम्मीद बाँटना चाहता हूँ कि खिड़की तक पहुँचा जा सकता है। यहाँ से हम साथ भाग सकते हैं। चलो शुरू करते हैं।

—आस्तीक वाजपेयी

अनुक्रम

भाषा 9
ऐसा ही होता है 11
जिज्ञासा 15
परिवार 16
देवताओं 18
डाण्डी 22
खोये परिवार 25
वाल्मीकि 27
अंजना अम्मा के लिए 32
पहला चुम्बन 33
आँसू 35
आदमी का समय 36
हिन्दी 49
हँसती रहना 51
हम 53
निर्दोष 55
दृष्टि 57
तथास्तु 59
अपनों से 62
बुढ़ापा 64
सुबह 65
आहट 66
सब्र 68
हाँफते हुए 70
हवा 72
73 गीता
75 मौजूदगी
76 प्रेम की कविता
77 अत्तार
78 तुम
79 जीत
80 संयोग
82 हम दोनों
85 सच्चा आदमी
87 ठंड का समय
90 पिंजरा
91 पत्ते
94 यात्रा
98 आकांक्षा
100 देशभक्ति
102 घर
105 समय
108 मंसूर के लिए
111 ख़ुशी
113 मल्लिकार्जुन मंसूर
115 दुःशासन
118 सूर्य

इतिहास 120
यथार्थ 122
आईना 124
एकान्तवास 126
यात्रा (बुद्ध) 128
मुफ़्तखोरी 130
इच्छाएँ 132
133 तीन छोटी कविताएँ
134 विध्वंस की शताब्दी
141 शोक गीत
144 नक्षत्र
146 पुरखे-1
147 पुरखे-2

भाषा

अ आ इ ई उ ऊ
पेड़ों का रंग बदल गया है।
अब वह नहीं रहे जो
बचपन में थे,
उनकी भाषा खो गई है।

अ आ इ ई उ ऊ
और मैं झूम रहा हूँ,
मुझे पता नहीं पर उम्मीद है कि नितान्त अन्धकार में
रोशनी शब्द भर दे।

मेरी बुआ बिस्तर पर सो रही होंगी,
उस भाषा में जिसमें उनका वर्णन करते हुए
फूफा जग रहे होंगे।

सब अकेले घूम रहे हैं
भाषा की भीड़ में।

अ आ इ ई उ ऊ
माँ थककर मुझे दो ताने सुनाकर
सो रही है, कुत्ते विचलित हो रहे हैं
हिन्दी की रात आ गई है।

ख़ुद की पैरवी करते हुए
हम थक गए हैं।
अपनी भाषा की कीमत पर
विद्वान बनने की कोशिश करते हुए भी।

दो गाएँ घास की बागुड़ से
पत्तियाँ खाती हैं।
उन्हें सन्तरे के छिलके देते हुए
मैं भूल नहीं पाता कि शायद
मेरी भाषा के सिवाय
इन्हें कोई भाषा नहीं आती होगी।

मेरी बुआ अपने पिता की गोद में
और मेरे फूफा अपनी माँ की,
खेल रहे होंगे।
एक समाज चल सकता होगा
इस भाषा में।

खो जाएँगे अपनी बातों में दो बूढ़े लोग
कोई उनसे न बोले
वह भाषा अब बोली नहीं जाती शहरों में।
अ आ इ ई उ ऊ

ऐसा ही होता है

ऐसा ही होता है।
समय में भागता अश्वत्थामा
भूल जाएगा कि वह क्यों भागता है,
भागना ही बच जाएगा, सब ख़त्म हो जाएगा।

'प्रेम'—किससे किया था?
वह कौन है जो मुझे देखती है।
मैं भूल चुका हूँ।

'मृत्यु'—वह शुरू हो गई थी मेरे पैदा होते ही,
ख़त्म हो पाएगी या नहीं इस घास पर पड़ी
ओस की चमक।

यह अन्धकार मेरा पहला अन्धकार
नहीं है, इसके पीछे से मेरी यादें
मुझे भाले मार रही हैं। कुत्तों की तरह झुंड में
धावा बोलती हैं, किसी एक का भी चेहरा नहीं
देख पाता।

हत्या सिर्फ़ मैंने ही नहीं की है।
मुझे ही क्यों दंडित करता है यह मैं।
किससे करवाऊँ बचाव ख़ुद से अपना।
ऐसा ही होता है।

'अफ़सोस'—पहले दूसरों पर होता है
फिर ख़ुद पर, फिर इस बात पर
कि यह सोचते सोचते कितना समय बीत गया।

मासूमियत छीन ली है भगवानों ने
जानवरों को देने के लिए।
हमारे लिए इच्छाएँ छोड़ दी हैं।

कुछ ऐसा करूँ जो मुझे अच्छा लगता हो,
मैं क्यों भाग रहा हूँ?
यह मैंने ख़ुद के लिए चुना है या किसी दूसरे ने।

अगला क़दम क्या एक सदी पार कर रहा है
या एक क्षण या ये सारी सदियाँ ही एक क्षण थीं।
कितना समय बीत गया।

यह कुरुक्षेत्र ही है क्या?
कोई सपना लगता है, या कोई भ्रम
मैं इससे क्यों नहीं भाग पाता।
यह पाताल है या स्वर्ग।

यह भीड़ क्यों लड़ती है,
मैं क्यों नहीं लड़ता?

घास के ऊपर तैर रही ओस पीकर ज़िन्दा रहतीं
ये मृतकों की चीख़ें हैं।
क्या वास्तव में मर गए सिर्फ़ वे लोग
या हम भी चलते फिरते मुर्दे हैं।

इस रण में ही छिपी है शान्ति।

हँस रही है धूप, पसीने और रक्त
से लिप्त खड़ी रण के बीच।

कुत्तों और गिद्धों की आँखें लाल हो गई हैं
रक्तचाप से योद्धाओं की कल्पनाएँ लाल हो गई हैं।

इतिहास हम हैं या वेदव्यास या गणेश जो
लिखते हैं महाभारत या जीत की सम्भावना जो छिप
गई है मनुष्यों की इच्छाओं में।
ऐसा ही होता है।

हम कैसे लड़ें, क्यों लड़ें, किससे लड़ें
कुछ भी स्मरण नहीं।

हम सत्ता के लिए नहीं लड़े थे,
न ही ईर्ष्या से, न ही समृद्धि के लिए
हम लड़े क्यों?

क्या वास्तव में लड़े थे?
सम्भव है कि यह देवताओं की चाल हो,
लेकिन यह भूमि लाल है।
कुरुक्षेत्र, हाय कुरुक्षेत्र जिसे छलनी किया
भयावह सेनाओं ने, असंख्य योद्धाओं ने,
क्या यह तुम्हारा रचा एक स्वप्न था?

हमें क्यों इच्छाएँ इतनी अधिक मिलीं
और कौशल इतना कम!
रात्रि में स्वप्न नहीं मिले,
सूर्यास्त पर सन्तुष्टि नहीं मिली।

मैं थक गया हूँ, थक गया हूँ, थक गया हूँ।
कहाँ जा रहा हूँ? आँखें सूज गई हैं
नहीं सो पाता हूँ, मृत्यु भी क्षमा नहीं करती।

यह फूल अभी उगे ही हैं, भीष्म की
तरह पता है इन्हें भी मृत्यु का समय।
धन्य हैं।

अपनी इच्छाओं से बहुत पहले पल्ला
झाड़ चुका हूँ, दूसरों की इच्छाओं को ढोता हूँ।
कभी अर्जुन बनकर द्रोपदी की कामना करता हूँ,
कभी धृतराष्ट्र बनकर अपने पुत्रों की,
कभी अश्वत्थामा बनकर मृत्यु की,
ऐसा ही होता है।

जिज्ञासा

इस शहर से बेदखल
एक और तोते से कहना
चित्रकूट में
अभी भी जंगल है।

आँधी बह रही है आज
हर साल की तरह।
हम तो अकेले ही खड़े हैं।

एक पुल के ऊपर चलती रेलगाड़ी में
खिड़की पर आकर
एक युवक की जिज्ञासा के सहारे
एक वृद्ध महिला नर्मदा में
सिक्का गिरा देती है।

परिवार

मैं परिवार में विश्वास करता हूँ।
इस देश में बचा क्या है
जो हमारा हो।

सभ्यता की उम्र भी
निकल जाती है।
परिवार हममें
ऐसा गुँथ जाता है
जैसे गरीबी में भूख।

मैंने बुआ में माँ का खोना देखा है
पिता में पिता का खोना।

मैं वहाँ हो आया हूँ जहाँ
अक्सर कोई घटना नहीं
सिर्फ़ भाव होते हैं।

और उस जगह भी
जहाँ परिवार ख़ून से निरपेक्ष चलते हैं।
जहाँ घर में काम करने वाले भी हैं
जिन्होंने मुझे बड़ा होते देखा है।

इसकी कीमत अभी नहीं दे सकता।
उन्नत होने के लिए
अपने हाथों से जब बनाऊँगा
तब उन लोगों के लिए भी
जगह होगी जिन्हें ख़ुद की
जगह लगती नहीं।

देवताओं

मुझे शक्ति दो
तुमसे दबाये जाने के बावजूद
तुम्हें अपना कह सकूँ।

वरना क्या है कहने को
तुम्हें भी पता है।
तुम्हें ही पता है।

इससे पवित्रता नहीं आती,
यह मुझे पागल कर देगा।
जिन्हें तुम कहकर कोसता हूँ
वह एक आईना हैं
जिसमें ख़ुद को ही देखकर
मैं और ज़ोर से कोसता हूँ।

जो हो सकता था
उसका मन भी मर गया।
कहीं मैं भी, कहीं
कोई और भी।
मेरे देवताओ!
तुम मत भागो,
अब मैं तुमसे पहले चला जाऊँगा

उन चिथड़ों पर बैठने
जो रोशनी पेड़ों की
छाँव के साथ बनाती है।
मुझे मत छोड़ो मेरे एकान्त
मैं क्या रह जाऊँगा!

कोई देखे या सहे
तो समझे एक-एक वाक्य का वर्णन
न कम होता है
न मैं कर सकता हूँ।

श्मशान के दरवाज़ों से
आने वाली आहों को सुनो
ज़िन्दगी वहाँ छिप गई है।
कवि रोज़ लिखते हैं।
रोज़ की आड़ में छिपकर
कवि रोज़ लिखते हैं।

गधे, घोड़े, बकरियों के झुंड
गौरैयों की आवाज़
यह सब देवताओं
की आरामगाह हैं
जिनमें हम भी
छिप गए होते।

किसी योनि में किसी देश में
किसी से कहना होता कि
देवता ख़ामोश तस्वीरों में भी हैं,
उमड़ती हुई शंकाओं में भी हैं,

रेत में और उस पर पैर
पड़ने की ख़ामोशी में भी हैं।

आज तक किसने किसी को
कुछ सिखा दिया, जो मैं
ख़ुद को सिखा दूँगा।

शायद मुझमें भी एक मंच
पर खड़े होकर लोगों
पर चिल्लाने की चाह है।
मुझे ख़ुद के शोर से बचा लेना,
इतना तो मुझ जैसों को भी
नसीब हो जाना चाहिए।

कुछ ऐसे रहना चाहता हूँ कि
तुमसे पर्दा हो जाए।
उन पर्दों के परे
तुम रहते हो, करोड़ों देवताओं
हँसियों में,
दिवंगत लोगों की यादों में,
असाधारण प्रकृति में जो
मनुष्य के बावजूद
ख़ुद को नया कर लेती है,
इस शून्य में विचरती पृथ्वी में,
और मनुष्य के भीतर शून्य में।

सभ्यता की विराट देह में।
उसकी असाधारण उपस्थिति
और अनुपस्थिति में।
समय के शोक में।

मनुष्य की उपलब्धियों में,
देवताओं, मुझे यक़ीन है
तुम झाँकते तक नहीं।

डाण्डी

वह हँस रहा था।

क्योंकि वह संशयरहित हो गया था।
क्योंकि युद्ध की सार्थकता की अवधारणाओं को
वह त्याग चुका था।

क्योंकि हिंसा में छिपे विस्मय से वह अन्ततः मुक्त हो गया था।
क्योंकि वह समझ गया था कि इन्सान जानवरों को मारते हैं
आनन्द के लिए।

क्योंकि उसने गायों की आँखों में
अनजान लोगों के लिए भय देखा था।
क्योंकि वह जानता था कि हिंसा बहुत बार सही होती है
अन्याय को दबाने के लिए,
लेकिन इस तर्क को स्वीकार नहीं कर पाया था।

क्योंकि ग़रीबों के प्रति हिकारत को
जीतने की विधि उसे अब तक नहीं पता थी।
क्योंकि दुबले-पतले बच्चों की आँखों में वही सपने देखे थे
जो बाक़ी लोगों की आँखों में।
क्योंकि वह जानता था कि युद्ध एक निरपेक्ष कर्म था।

क्योंकि उसे देवकी नन्दन के वचनों से समझ में आया था
कि युद्धभूमि के मध्य में अर्जुन,
पांडवों की सेना का नेतृत्व कर,
कौरवों का वध करने को कटिबद्ध था।

क्योंकि युद्ध के अन्त में वह सन्तुष्ट नहीं हो पाया था।

और उसने महाराणा के साथ स्वाभिमान
में पकी घास की रोटियाँ खायी थीं,
और अशोक की विजय में पराजित हुआ था,
और शिवाजी के साथ वीरता की परिभाषा में
वैसे मिल गया था जैसे जंगल में धुंध।

अर्थ भाग रहे थे उसके सामने, बस थोड़ा आगे,
लेकिन उन्हें वह पकड़ नहीं पा रहा था,
जैसे कुत्ते गिलहरियों को नहीं पकड़ पाते।

वह अपनी स्मृति के रण में लगातार सूतपुत्र से लड़ रहा था
और उसकी हार में शान्ति खोज रहा था।

वह द्रोण के प्रताप में विजय ढूँढ़ रहा था
और बदलती हुई सभ्यता के आवेग में धर्म।

कभी उसे गांडीव की याद आती थी जो वह छोड़ आया था,
और वह देख रहा था कि कैसे
सभ्यताएँ तकनीक की कसौटी पर हारती या जीतती हैं।

उसे दिख रहा था कि कायरता का पर्याय बन चुकी थी शिष्टता
और वीरता का पर्याय बन चुका था औरतों पर अत्याचार।
वह खिन्न हो उठा।

क्या कुरुक्षेत्र के धर्ममन्थन से ऐसे पुरुष निकले थे?
क्या कौरवों का वध करनेवालों ने दु:शासनों को जना था?

वह क्रोधित था और गांडीव ढूँढ़ रहा था
अन्तिम युद्ध के लिए।
वह समझ गया था कि युद्ध रण में नहीं होगा।
वह हारने से डरता नहीं था
और जीतने पर अतिशय सुख प्राप्त नहीं करता था।
वह पहला नहीं था जो यह सोच रहा था
पर जब सोच रहा था तब अकेला था।

कुरुक्षेत्र से मीलों दूर गांडीव, जो इतने सालों में
पहले रेत और फिर नमक बन चुका था,
डला पड़ा था।

उसे निर्धन लोगों को देख अनुभूति हो रही थी
कि मानवीय होना सही होने से ज़्यादा ज़रूरी था।
और विजय अस्त्रों के परे खड़ी थी।
पर वह योद्धा था,
उसने नमक बन चुके गांडीव को उठाया।

डांडी के तट पर अर्जुन ने शंख बजाया,
और अर्जुन ने अर्जुन से लड़ने के लिए
अर्जुन के चित्त के कुरुक्षेत्र में
हिंसारहित रक्तरास रचाया।

खोये परिवार

बाबू की विस्मृति में
छिपा है मेरा परिवार।

चले गए हैं अपनी विस्मृति
की स्मृति को छोड़कर,
जिसे मैं समेटूँ।

अन्त से पहले,
मैं अपने खोये हुए परिवार को
अक्षरों में समेट लेना चाहता हूँ।
शब्दों का कफ़न पहना देना
चाहता हूँ उन सब को
जिनकी चिताओं का धुँआ
मेरे आसमान में
हमेशा उड़ेगा।

बारामदे की कुर्सी को
और बिस्तर को हिला नहीं सकता।
उन्हें समय और प्रलय और नवजात ग्रह
बनाने की आकांक्षा भी नहीं तोड़ सकती।

चमकते हुए तारे भी
उतने अनश्वर नहीं

जितने मृतकों के
बिस्तर होते हैं।

अर्थ भाग गए हैं,
शब्द अब भी नए
बन सकते हैं।

घर, बाबू की कुर्सी
की टूटी टाँग से बँधा है।
वह गिर जाएगा।

ताऊ कहेंगे 'भोपाल चलते हैं यार'
और खो जाएँगे थकान में,
दर्द में और नींद में
जो किसी महासागर से गहरी हो
ताकि उस दर्द से इतने दूर हो सकें
जैसे बिछड़े प्रेमियों से बीते समय में
हुए इकरार।

मेरे आँसू मिट्टी में मिलकर
भोपाल चले गए
रात की मालिश के बाद
बत्ती बन्द कर देंगे।
शायद सुबह तक असर हो।

वाल्मीकि

कुछ खो गया है।

वाल्मीकि उठते हैं और देखते हैं रिक्त-पत्र
वह शुरू करते हैं रामायण।

राम के जन्म पर होते हैं हर्षित
बनाते हैं वह अयोध्या की काल्पनिक नगरी
जो वास्तविक अयोध्या से प्राचीन है।

वह दशरथ की प्रतिज्ञा पर रोते हैं।
देते हैं वानरों को ज्ञान,
लिखते हैं रामायण।

फलों को, फूलों को, पत्तियों को श्रृंगारित
करते हैं वाक्यों से, स्वप्नों से।

उपमानों के भार ढँक जाती है सृष्टि
कुछ छूट गया है।

राम, रावण, सुग्रीव, नील
कुछ छूट गया है।

वाल्मीकि पत्र पलटते हैं
सब ही तो हैं।
यहाँ से कहीं योद्धाओं की
स्मृतियाँ तो नहीं भाग गई हैं।
नहीं, वे भी हैं यहीं।

सूर्यास्त बोलता है वाल्मीकि से
'कुछ छूट गया है, शायद अयोध्या
में छिप गया है।'

वाल्मीकि जाते हैं अयोध्या, स्वप्न की अयोध्या,
जो वास्तविक अयोध्या से प्राचीन है, पूछते हैं
'रामायण का एक अंश क्या यहाँ छिपा है?'

'यह स्थान तुम्हारी कल्पना की तरह पूर्ण हैं,
यहाँ सारे अंश छिपे हैं और कोई अंश नहीं छिपा।'

वाल्मीकि थके हुए सर मलते हैं
सूर्य को देखते हैं किरणों में छिपे
इन्द्रजित के मायावी
अस्त्र गिर रहे हैं।
कुछ छूट गया है।

वाल्मीकि लेते हैं राम मार्ग।
जाते हैं लंका, देखते हैं,
प्रज्वलित लंका, तेजस्वी लंका।

एक व्यक्ति उनसे पूछता है
'तुम क्या खोजते हो।'

वाल्मीकि बोलते हैं कि हो सकता है
राम की कोई प्रतिज्ञा, रावण का छोड़ा ज्ञान
मुझे याद नहीं है।

ढूँढ़ते गुज़ारते हैं अपने दिन
रामायण से बोलते हैं, मुझे क्षमा कर दो
मैं ढूँढ़ नहीं पाया अप्रत्यक्ष अंश।

अन्तहीन बार वाल्मीकि जागते हैं
नवीन दोहों में लिखते हैं रामायण
कुछ छूट गया है।

एक बार लिखते हैं अवधी में।
सौन्दर्य उनसे पूछता है किं क्या
मैं था जिसे ढूँढ़ रहे थे, पता नहीं।

देखते हैं सदियाँ बीत जाती हैं
बदलता सूर्य यह अभी भी जवान है।

मैं थक गया हूँ, रामायण थक गई है
कहाँ है छिपा अंश।

वह देखते हैं सड़कों को
अब पक्की हो गई हैं।
पूछते हैं एक व्यक्ति से
'क्या वह यहाँ से भागा है?'

सदियों तक कोई मदद नहीं करता,
उड़ाते हैं लोग माखौल।

वाल्मीकि देखते हैं आदमी का विकास,
वह क्रूर हो गया है।

द्वापर और त्रेता युग बोलते हैं
'खोने दो उसको, चलो हमारे साथ।'
वाल्मीकि सोच में पड़े हैं।
'रामायण मेरा हिस्सा है, मैं रामायण
का खोया अंश ढूँढ़कर ही जाऊँगा।'

देखते कई बार नभ, क्या वहाँ छिपा है।
लेखकों की कल्पनाओं में झाँकते हैं,
कूटनीतिज्ञों की नीतियों में।

वे खोजते हैं जानवरों के नेत्रों में,
इनमें नहीं हो पाया अब भी क्लेश का वास।

बूढ़ों की कल्पनाओं में ढूँढ़ते हैं, बच्चों के स्वप्नों में
वह कहाँ है।

उनका यत्न उनसे कहता है,
'जब राम लड़े थे युद्ध तब
तुम उनके साथ थे, तुम रावण
के साथ मृत थे, तुम सीता
के साथ अपमानित, तुम अब
नहीं रुक सकते।'
चिड़ियाँ लाल आँखों से कीड़ों को
ढूँढ़ती हैं, हिरण हरी घास को।

कुछ खो गया है।

कई सदियों बाद उठते हैं वाल्मीकि
एक कवि में, देखते हैं आसमान।

'अब रुक जाऊँगा।'

'कहाँ हो, कहाँ छिपे हो
मैंने शताब्दियाँ खोज ली हैं।'

मेज पर रखा कलम उठाते हैं, वह बोलता है
'मैं यहीं था सदियों पार, मैंने भी गुज़ारी हैं
सदियाँ तुम्हारी प्रतीक्षा में।'
वाल्मीकि की थकान थोड़ी कम हुई
वह लिखते हैं :
'रवि हुआ अस्त ज्योति के पत्र पर लिखा अमर
रह गया राम–रावण का अपराजेय समर...'[1]

1. यह पंक्ति निराला की महान कविता 'राम की शक्तिपूजा' की पहली पंक्ति है।

अंजना अम्मा के लिए

मैंने खोजा है तुम्हें
पेड़ों में, पत्तों में, आसमान में
हालाँकि वह बहुत टूटा हुआ है बादलों से।

अपनी याद के उस कोने में जिससे
कल्पना गुँथ गई है।

बारिश में, बारिश के बाद पेड़ों की गन्ध में,
बादलों के काले कवच में,
पानी के भालों में।

रिश्तेदारों की बातों में,
पिता की आँखों में

ताऊ के गुस्से में,
बुआ के प्रेम में।

मैंने खोजा है तुम्हें अपने भाई की
परछाँई में,
मैंने खोजा है तुम्हें ख़ुद में।

पहला चुम्बन

मैंने कई बार महसूस किया है
नंगे पैर खड़े रहकर मिट्टी पर,
कि कुछ यादें हमसे पुरानी होती हैं।

पैदा हुए थे हम उस क्षण के साथ,
वह क्षण पैदा हो गया था हमसे बहुत पहले।

उससे पहले जब बचपन में हमें
पहली बार एहसास हुआ था एक इच्छा का,
जब हमें पता भी नहीं था कि
वह एक दूसरे के लिए थी।

जब हम अकेलेपन के भीतर उम्मीद को
नहीं देख पाए थे।
उसके पहले जब हमारे माता-पिता ने हमारी
उम्मीद की थी।
और उससे पहले जब उम्मीद की थी पितरों
ने माता-पिता की।

जब आदम हौवा के पास आया था पहली बार।
और उससे भी पहले जब पृथ्वी पर
पहली बार बारिश हुई थी और

प्राचीनतम मिलन हुआ था
मिट्‌टी और पानी का।
तब तुम्हीं थीं जिसे मैंने पाया था
उस पहली बूँद में।

आँसू

मेरे आँसू तुम्हें देखकर
थम जाते हैं।
मेरा चेहरा हिमालय की
एक भीषण चोटी की तरह
उन्हें जमा लेता है।

मुझे पता नहीं कि तुम सामने हो,
या आँसुओं ने आँखों पर दया कर
भ्रम पैदा कर दिया है।

आदमी का समय

मेरा जन्म एक रात को हुआ।
जब सब ख़त्म हो रहा था,
मैं अपनी पीड़ित और शापित
और सुन्दर और अभागी माँ
के गर्भ से पैदा हुआ
या कम से कम बाहर निकला।
ऐसा मुझे बताया गया है।

एक समय पुलों पर चलना अच्छा लगता था
अब उसमें और बहुत सारे अन्य कार्यों में
डर लगता है।

मेरा एक स्रोत ग्राम
जन्म के बाद ख़त्म हो गया
शायद पृथ्वी में, शायद आकाश में लीन हो गया।

औरतों को जलाते हैं,
मरने के बाद भी औरतों को जलाते हैं।
जिस घर में दुबक गया
वह मेरे पिता का नहीं
इसीलिए शायद बहुतों से ज़्यादा
मेरा था।

जिनका बच्चा नहीं था
उनकी आँखों में
कभी नहीं दिखा
बच्चे को पालने का यत्न।

मुझे अपने कमरे में खड़े,
समय से पहले बूढ़े कर दिए गए
पिता की पीठ के पिछली ग्रीष्म के
चेचक के दाने याद आ रहे हैं।
जो छिपाते हैं बच्चों से
वही है, जो वे सबसे पहले समझ जाते हैं।

उस घर में जिसमें माँ के लाड़ की
कमी नहीं थी, उस घर में भी शुक्र है
मेरी दिवंगत माँ के लिए जगह थी।

वे झरने जिनके नीचे खड़ा होकर
मैं बड़ा हुआ
कुछ गर्मियों बाद
सूख जाएँगे।

दर्द की सीमा के परे
खड़े मेरे पुरखो, यत्न में
और कठिनाई में
यह अब भी तुम्हारा समय है
जिसे मैं जीने पर, सहने पर
शापित हूँ, हर्षित हूँ।

गोपालगंज के घर से इसे
कोई नहीं चुराएगा।

मुझे तुम याद हो काका,
जिन्हें मैंने देखा नहीं है
और दिदिया, बारिश के पहले की नमी में
तुम्हें महसूस करता हूँ।

यह ग़ुस्सा, अहंकार
यह हठ, सब पुश्तों में
तालाब पर चन्द्रमा की
प्रतिमा की तरह जगमगाता है।

छः कुँवारी लड़कियों के पिता,
मैं तुम में था, ग़ुस्सा भी हुआ,
चिढ़ा भी, रात में सबके सोने के बाद
थोड़ा रोया भी और सबके सामने हँसा भी।

नाना से चोरी करने वाले ताऊ,
मैं उस पैसे की ग्लानि में छिपकर
अपनी ईमानदारी से शापित
जीने के लिए मजबूर लड़का था।

वह अधेड़ बुआ थी जिसकी
कोख का नहीं भी था
तब भी जिसने इतने लाड़ से सींचा था
जैसे वाल्मीकि ने सुमेरू पर्वत पर
उगी संजीवनी को।
उसमें था जो पिता हो गया,
उसमें था जो पिता होकर होना भूल गया।
यह तुम्हारा समय है और यह मेरा समय है।

यह अब भी सोलहवीं शताब्दी के

एक गाँव में बैठे किसानी करते
आदमी का समय है।

समय के उदर से उभरता हुआ
मैं बड़ा हो रहा था।

भाषा के नवीन व्योम को
निराशा के अद्भुत मेघमंडल से
ढँक रहा था मेरा संसार।

गायों के बछड़ों से
उनका घर छीनने वालों का
यह हश्र स्वभाविक था।

पहली बार समझ नहीं पाया
कि जला या कि जलना
और प्रेम की आग से उभरना
प्रेम से ज़्यादा आवश्यक होता है।

जीवन की मृत्यु में
और मृत्यु के जीवन में
ही साँस चलती है।
सपनों में अब भी
सन्तुष्टिपूर्ण सम्भावनाएँ
उपस्थित हैं।

इन मृत सपनों के बीजों से
पृथ्वी और माँ मिलकर
जासोन के पेड़ उगाते हैं।

कुत्ते के नवजात शिशु
चलते हैं, आँख बन्द होने पर
उस समय में जब इस पृथ्वी पर
उनकी भी जगह थी।
आँख खुलने पर सोचते हैं
काश घर के पीछे हमारा भी घर होता।

समय का विषाद जब वापस आता है,
लिखना कायरता का कस्बा लगता है।
जीने से बचकर जीना।

उस्तादी का रिवाज़ ख़त्म हो गया
मेरे उस्ताद के साथ।

वह यत्न और हिम्मत
और सादगी और जटिलता की हवा
आसमान में खो गई।

मैं सागर नहीं गया,
मैं भोपाल नहीं गया,
मैं पेड़ों में छिप गया।

एक-एक के साथ
मेरा एक जीवन चला गया।
कुछ मैंने खोये,
कुछ खो भी नहीं पाया।

काका, शान्त न होना,
मैं ग़लतियाँ लाऊँगा।

ताऊ चकित रहना
हमेशा की तरह।

माँ, देख मैं हर चीज़ को
नया कर देता हूँ।

जब उस्ताद ने अपने उस्ताद की
और उस्ताद ने मेरी
आँखों में देखा
एक भविष्य और वर्तमान मर गया
एक भूत जाग गया।

मैं जानता हूँ कि हारना
ज़रूरी होता है सबके लिए।
अस्तित्व के छोर पर जब
खड़ा होता हूँ,
जीत नहीं,
हार बचा लेती है मुझे।

मुझे उसके साथ ही रहना है,
मैं बोलूँगा क्या?

मकानों के छज्जों पर बैठे
कबूतरों के बीच बारिश है, समय है।
प्रेम का आभास बारिश में भी
उड़ सकेगा।

जब पलटकर देखोगी,
तुम्हारी परछाँई में छिप जाएगा।

मैं उसी से बना हूँ,
जो ढह जाता है।

तालाब में बारिश हो रही होगी,
मेरे पिता का शहर, मेरा शहर, छूट गया।
बादलों तुम अगली बारिश में
विदर्भ जाना, अपनी करतूत पर
शर्मिन्दा हो जाना।

गाँव में मेरे परदादा का खेत
सूखा पड़ा है।

अब नहीं लिखूँगा
आत्ममोह कलम से धार छीन लेता है।

जिस शहर में मेरे उस्ताद हैं,
उस शहर में ठीक है
इस अन्धकार को,
इस ख़ुशी को सहना।

जब तू शहर गया
मुझे पता नहीं था कि समय
इतना बुरा हो गया।

कितना ख़ालीपन है इस शहर में
कितना धुँधला ख़ालीपन।

यहाँ इमारतों की आँखें बन्द रहती हैं।
कुत्ते कुछ कहने के लिए नहीं

अपनी आवाज़ सुनने के लिए भौंकते हैं
और मनुष्य भी।

तुझे यह नहीं दिखता कि तुझे
तेरे समय ने तोड़कर एक दृढ़ संकल्प बनाया है।
यज्ञ की अग्नि में आहुति पड़ चुकी है
अब यह नहीं बुझेगा।

और तुझे मालूम नहीं
कि लड़कियों का
प्रेम आएगा और जाएगा,
भले ही लड़कियाँ न आएँ।

और जब तू उसे समय से,
इश्क से, अपने हाथों से छुए तब,
हे ईश्वर वह ताश की इमारत की तरह न टूटे।
टूटती इमारतों का शौक वे करें
जो टूटते समय इमारत बन सकें,
या वे जो आदतन इमारत बनाते हैं,
तोड़ने के लिए।

रात हो गई
तुम लोग आगे चलो
मैं पीछे आता हूँ।
यह भी नहीं लिखा व्यास ने
कि यदि पुरखे गिर जाते
तो क्या होता।

यह तुम भी जानते हो यम
कि यदि तुम आ जाते
हम चुपचाप पिता को ढँक लेते।

यदि अकेला हो गया,
तब भी बचपन के सागर जाऊँगा।
ताऊ-ताई के बीच
यम तुम्हारा बल
फाटक पर छूट जाएगा।
बुआ हर शाम घर पैदल आकर
एक तेज के साथ और विश्वास के साथ
बच्चों को, अपने बच्चों को खाना खिलाएगी
और पिता अपने लाड़ में और चिन्ता में
इतना तोड़ देगा कि कोई बटोर न पाए,
तुम भी नहीं देवताओ।

किसने कहा था कि समय केवल सीधा चलता है।

सबकी शक्लें खो गईं पानी में,
मैं बह गया।

इतिहास की गोद में हर बच्चा,
बच्चा रह जा सकता है।
विस्तारहीन जीवन,
आडम्बरपूर्ण स्वप्न,
मुझे उठा दो,
मैं सम्हल गया हूँ।

मुझे नाम नहीं कमाना
या शायद यह कहकर
नाम कमाने की चेष्टा करनी है।

संगीत और कविता से
कुछ हासिल नहीं हो सकता।

तू समझता है, कि ये तुझे
मुझसे अलग बनाते हैं
जबकि ये हमारी बनावट को
ख़त्म करने के जरिये हैं।

तेरा यह जतन
सब मेरे साथ ख़त्म हो जाएगा,
तब लिखना।

तुम वह आईना हो,
जिसकी आड़ में
मेरी परछाँई आती है
पर तस्वीर नहीं आ पाती।
पहले पता नहीं था कि मैं
तेरे बाजू में चल रहा होता था,
अब हर पेड़, हर पत्ता, हर मायूसी,
थकान में तेरा विस्मय पलटकर देखता है।

उस्ताद, शायद मुझे भी कुछ नोच लेना था,
लोग भी वहीं रह जाते, शायद मैं भी।
ध्रुपद वह ही नहीं, जिसे गाकर
लोगों को ख़ुश किया जाए।
संगीत आकाश में विसर्जित होता है।
जब वह जन्म लेता है,
अपनी मौत को चूमता है।

मैं ख़ून छिड़क रहा हूँ,
तुम्हें पता नहीं कि हामी के लिए
कितना करता हूँ,
कितना करने से ख़ुद को रोकता हूँ।

मैं कह नहीं पा रहा हूँ
और कहना चाहता हूँ।
तुम लोगों को तो मैं
वैसे भी जीत जाने दूँगा,
यह कहने की हिम्मत दो
कि मैं तुम्हारा ही इन्तज़ार कर रहा था।

आदमी गिरकर सीखता है,
कोई मुझे बताए क्या?
तुम्हारे सामने यह शर्म बेकार है
मुझे पता है ज़िन्दगी-भर ख़ुद के सामने
करनी पड़ेगी।

किसी और को इस चिता में हाथ तापकर,
अपनी चिन्ता से मुक्ति मिले तो अच्छा है
अब क्या कहूँ, यज्ञ रुक गया है
आस्तीक वापस साँपों के बीच भाग गया है।

सूरज उन लड़कियों के बिस्तर के ऊपर उगेगा
जो किसी और की होते-होते
किसी और की हो गईं।
मैं भी अपनी पुश्तों से दृढ़ संकल्प कर
यही कहूँगा कि सपने सच हो जाते हैं,
उन्हें क्या पता कि ज़िन्दगी किसी और
के सपने देखते हुए, किसी और से प्रेम
करने की इज़ाजत देती है।

यह सब भी मगर क्या छीनेगा समय,
मेरे कहने पर चलता है।

एक किलोमीटर चलकर रोज़ मुझे खाना खिलाने,
अंग्रेज़ी न बनते हुए भी मुझे सिखाने,
फिर स्कूटर पर बैठाकर, घुमाकर
मेरी ख़ुशी में ख़ुश होकर
अपने शाकाहारी हाथों से
माँस पकाकर, खिलाकर
पति से अपमानित होने के बावजूद
हर बार जब मैं बाहर जाऊँ
मेरे सिर पर हाथ फेरकर विदा करना।
मैं अब भी बाहर हूँ।

इस कलिंग में मुझे हारकर
अस्त्र छोड़ने पड़ेंगे,
लेकिन मेरा बचपन कोई नहीं छीन सकता।

जाड़े में दाँत पीसकर,
किसान आज भी
हल जोतते हैं,
यह सब हो चुका है
यह सब हो रहा है,
यही सब होता रहेगा।

बैल बेटों की तरह उठ जाएँगे,
क्रान्ति अख़बारों के परे
हर बार की तरह
पहली बारिश में कोंपल बनकर
खेतों में जन्म लेगी
एक उस्ताद वीणा के सामने,
एक योगवाशिष्ठ के हमेशा बच जाएँगे

और इसी के साथ इन्तज़ार
कोसों दूर उड़ गए बादलों का।
समय ख़त्म हो गया,
मैं थक गया, सुबह जगा देना।

हिन्दी

भाग तो मैं भी सकता था
लेकिन रुका रहा।

ख़ाली पन्ने की स्तब्धता को
सहता रहा, भागा नहीं,
उससे भी ज़रूरी लिखता नहीं रहा।

लेकिन यह तो मेरी कायरता भी
हो सकती थी कि मैं इस भाषा में
वे गुस्ताखियाँ नहीं कर पाया
जो इसका अधिकार थीं।

मैं तो बहुत छोटा हूँ
'आगे कुछ लिखेगा।'

जैसे समय एक पानी का झरना हो
जिसके नीचे लोग धुल जाते हैं।

मैं कुछ भले ही लिख नहीं पाता
लेकिन यह तो कह सकता हूँ
कि एक भाषा मेरी भाषा,
इत्तिफ़ाक से नहीं बनी।

वह शब्द के ज्ञान
या व्याकरण से नहीं,
वह तब बनी जब मेरे सपने में
घुस आई और बोली
तुम जैसों से क्या होगा।

कुछ ऐसा होता है।
लेकिन अब इस विफलता का
रिवाज़ नहीं बचा।
मुझसे इसके अलावा
कुछ बनता भी तो नहीं।

समय भाग गया
जब तक मैं कुछ लिख पाता तब तक,
और जब लिखना शुरू किया तो
ख़ुद भाग जाना चाहिए था।
भाग तो सकता था
वह विध्वंस भी
जो हमारी शताब्दी को ओढ़कर
सो गया है।

वह समाज भी
जिसने बहुत मेहनत से
अपनी भाषाओं पर गौरव महसूस करना
बन्द कर दिया।
तो इस अदने से लेखक को तो
रुकना ही था।

जो गालियाँ बुरी लगतीं
वह भी इसी भाषा में थीं।

हँसती रहना

तुम मत सोचना कि सूरज उगता है,
कि जंगल में एक अधनंगा मनुष्य
उठकर अपनी तरह का जीवन जी पाए।

वह उगता है कि तुम्हें देख सके
और मुझे बता सके कि तुम्हारी
स्तुति कब शुरू करूँ।

मत सोचना कि प्रेमियों
के परे चन्द्रमा अस्पताल में
उनके वृद्धजनों को भी देखता है।
वह अपना रूप बदल लेता है,
ताकि हर बार प्रेमियों को देखने
अलग वेष में आ सके।

जब तक मेरे वृद्ध
मेरे सपने देख रहे हैं
तब तक ढूँढ़ने दो मुझे घर।
मैं भाग नहीं रहा
भागने के लिए भी
घर चाहिए।

तेन्दू के पत्तों पर बैठे
बच्चों को सहलाने दो
ज़मीन पर गिरे झाड़।

बछड़े को भूख में
रैंकने दो आधी रात,
मैं तुम्हें याद कर रहा हूँ।

तुम हँसती रहना।

हम

क्योंकि लोग हार जाते हैं
और लोग जीत जाते हैं
और हम कहते हैं
'मैं कर लूँगा।'

और समय बदल जाता है
और कुछ नहीं बदलता
और वह सब बदल जाता है
जो इसके पहले हमेशा बदलता रहा है।

हवाओं का बहाव बदलकर
वापिस वही हो जाता है जिसमें उड़ते हुए
कबूतर को देखकर हम सोचते थे
कि हम भी उड़ जाएँगे।

और फूल की तरह खिलते
और मुरझाते
और एक हक़ीकत को सपने में देखते
और इस हक़ीकत को सपना बनाते
समय बीत जाता है।
और ऐसा सब कुछ जो भीतर छुपा है
उसे सपनों के दरवाज़े खटखटाते

सुनते और दरवाज़े न खुलने पर रोते
और दरवाज़े खुलने पर रोते
और वह सब करते जो योग्य है।
और जानते कि कुछ योग्य नहीं
समय बीत जाता है।

और कविता में उस सराय को देखते
जहाँ समय, बीता हुआ समय
हमारी यादों से भागकर एक शरणार्थी बनकर छिप गया है,
ख़ुद को ऐसे समेटते जैसे समेटते हैं बच्चे
संगमरमर के टुकड़ों को ज़मीन से।

और हमारी बचपन की आवाज़ों में छिप जाता है,
बचपन के स्वादों में छिप जाता है
पेड़ों में, हवा के बहने के अन्दाज़ में
और वह छिप जाता है हर नज़र में,
हर नज़ारे में।
अन्त में हमसे भागता वह
छिप जाता है हम में,
जो खोजते हैं उसे बियावानों में।

और हमारी स्मृति बनकर ख़ुद ही को
खोजते हुए वह कहता है
'मैं कर लूँगा!'

निर्दोष

लोग कहते हैं कि हम सही थे
फिर मैं क्या रहा होऊँगा।
'सही में शायद ग़लत।'

या कुछ वह जिससे मुझे
नफ़रत थी।

कहाँ पैदा हो गया, हे भगवान।
कहाँ आ गया, हे भगवान।
किसी का नहीं हुआ, हे भगवान।

कुछ कमियाँ शायद ख़ून में रही होंगी।
उससे ज़्यादा ख़ून के परे,
जिन्हें मिटाते मिटाते
मैंने ख़ून किया उनका जो
ख़ून को धो रहे थे।

जब सिर्फ़ ख़ुद की सुन पाऊँगा
तब कहूँगा कि समय हो गया
मैं तुम लोगों के साथ चलता हूँ,
तब पुरखों ने जरत्कारू से कहा
'हम गिर जाएँगे।'

हम निर्दोष थे
इसलिए बच सकते थे
लेकिन हम निर्दोष थे
इसलिए हमने दोष लिया।

निर्दोष होने की व्यथा जब
यह शताब्दी सह रही है
तो हम क्यों नहीं।

मैं निर्दोष था या मेरा संकल्प,
इस तर्क को संकल्प की कमी रही।

और सच की भी
जो बोल सकता था।
पर मैं निर्दोष था।

दृष्टि

क्या मैं अकेला हो गया?
कहाँ गए सब लोग?
उस पेड़ के पीछे से वह चिड़िया
क्या मुझे देख रही है?
नहीं!
कोई किसी को नहीं देखता,
इन पेड़ों के ऊपर नहीं बैठे यक्ष।
इस शताब्दी की देह में
छिप गया है अन्धकार।

कुछ कुण्ठित नहीं,
हवा भी अन्धी है।

हर ईंट लाल नहीं है,
है ना?

वह किसी कुत्ते की भौंक है,
या किसी वज्र की गर्जन?
मैंने देखा था अपनी कल्पना में छिपा,
स्मृति को पकड़े वह बादल जो एक क्षण में गुज़र गया।
आँखों में आँसू, अन्तहीन दृष्टि,
रेगिस्तान के भीतर छिपे चींटों की
कल्पना से शापित।

संजय बोलते हैं, महाराज न विजय हुई,
न पराजय, न धर्म हुआ न अधर्म।

धृतराष्ट्र देखते हैं रंग।
रात के अँधेरे में बारिश हो रही है।
भूमि लाल हो गई है।

तथास्तु

बुद्ध देखते है शेर की आँखों में
सूर्य की किरणों से लिप्त
धूल बह रही है बगीचों के कटे-फटे
पेड़ों के बीच।

अभिमन्यु देखता है उन योद्धाओं को
जिनकी मृत्यु की कल्पना उसकी
मृत्यु से उपजी है।

गाँधी देखते हैं उसे
सदियों पार से और पुकारते हैं
हे राम!

घास की कटी हुई नोक के
ऊपर से एक टिड्डे पर घात
लगाए बैठा है गिरगिट।
वह जीभ चटकारता है।

अर्जुन के तरकश में छिपा
बाण पुकारता है
'जयद्रथ कहाँ हो तुम
सामने आओ!'

'तुम लोग मुझे घेर कर क्यों मारते हो
कर्ण, तुम शूर हो, पीछे से वार क्यों करते हो
नहीं किया है मैंने किसी पर पीछे से वार।'

'इन भुजाओं पर मेरे पिता का
आशीर्वाद सवार है, इन्हें तुम
कैसे मारोगे।'

'कर्ण, सूर्यपुत्र कर्ण, तुम क्यों पीछे
से वार करते हो।'

पलट कर कहता है सीज़र,
'मेरे दोस्त, ब्रूट्स तुम भी
इस चक्रव्यूह में आए हो।'

समय देखता है मनुष्य को
उसकी यादों को अपनी ढाल
बनाकर जाता है उसके सामने
और माँगता है स्वर्ण कवच-कुंडल।
बूढ़ा देखता है सड़क को
और आख़िरी बार सहलाता है
अपनी सोई हुई शक्ति की याद को
अपनी विपन्नता को समझाता है,
यह आख़िरी बार है।

अभिमन्यु भागता है चक्र लेकर,
देखता है वह मृत्यु को
चीख़ता है, 'छल, छल किया है
तुमने मेरे साथ।'

मृत्यु कहती है, 'कुमार, छल तुम्हारे साथ
हर सूर्योदय ने किया है जिसे तुमने
देखा है, उन रातों ने छला है तुम्हें
जब तुम सोये थे, यह क्षण तुम्हारे पहले से
तुम्हारे साथ था।
तुम्हारे बाद इसे कल्पना और समय ढोएँगे,
तुम्हारा वध नहीं हो सकता अभिमन्यु
तुम हमेशा से मृत होने को थे।
तुम्हारे जीवन से ज़्यादा, जीवन्त है
यह मृत्यु!

तुम कभी नहीं मर सकते।
क्योंकि तुम अनन्तकाल से यहीं थे
और अनन्तकाल तक यहीं रहोगे।
यह चक्र उठाए, देखते मृत्यु।
तथास्तु।

अपनों से

अब ठंड इतनी बढ़ गई है
कि हाथ जब हवा पर पड़ता है
तो लगता है कि रगों में पानी
बह रहा है।
गर्म ख़ून गर्मी की याद के साथ चला गया है।

मुझे कोई दिक़्क़त नहीं है,
यह सबसे बड़ी दिक़्क़त है।
लेकिन अच्छे वक़्त में ही
ऐसा सोचा जा सकता है।

जो मेरे क़रीब थे
उन लोगों ने मुझसे मदद नहीं माँगी
जबकि मैं हर समय माँगता रहा
जब मुझे ज़रूरत नहीं थी।

जब थी तब मैं तन गया
और चुप रहा,
उन सब की तरह
जो मुझसे कहते रहे
कुछ नहीं होता।

मेरी विडम्बना यह नहीं कि
अपनों के दुःख में शरीक नहीं हुआ
बल्कि यह है कि उन्होंने होने नहीं दिया
कभी तो किसी से रोना भी सीखना था।

मुझे बार-बार दिक़्क़तों से
बचाने की कोशिश की गई
और वह तब जब मैं
किसी और तरीक़े से
टूट तो रहा ही था।
यह नहीं बदलता।
कविता भी, कविता लिखने की आदत
को धोखा देकर ही, लिखाती है।

मैं किसी से कह नहीं पाया
नहीं तो इन सबकी
उन्हें चिन्ता होती।

वे लोग बुढ़ापे में भी
मेरी दिक़्क़तों को ढो ही लेते
पर उन्हें न सुलझा पाने के बोध से
भी जूझते।
यह मेरी परवरिश के साथ बेईमानी होती।

तो मैंने उनसे बेईमानी की
जिन्होंने वह परवरिश दी थी।
हर बार पूछे जाने पर
कि कैसा हूँ,
मैंने कहा
मैं ठीक था, ठीक हूँ, ठीक रहूँगा।

बुढ़ापा

घर में माँ, पिता और
उनका नवजात बुढ़ापा
रहते हैं।

वह रात में रोता है,
किलकारी भरता है,
मैं उसे देखकर भी,
कुछ नहीं कर पाता।

सुबह

घर पर ताला लगाकर
मैं सुबह निकलता हूँ।

दूध लाने वाले, दूध थोड़ा भी
न झलकाते हुए धीरे-धीरे
मकानों के सामने खड़े हो रहे हैं।

और कबूतर पंख के नीचे
अपने जिस्म खुजला रहे हैं।

कुत्ते मुँह खोलकर ख़ुशी से
खाने की दुकानों के सामने
निगरानी दे रहे हैं।

लोग चल रहे हैं,
जैसे चींटियाँ एक साथ चलती हैं,
बारिश के पहले।

मेरी आँखें तुम्हें न खोजने का ढोंग
करती हुई तुम्हें खोज लेंगी,
तुम एक पल देखोगी फिर नहीं।

सूरज जो अभी उगा था
ढल जाएगा।

आहट

हमारा प्यार हमसे बेहतर होता है

मैं तुम्हें छूना नहीं चाहता,
छूने से
झरने थम नहीं जाते और
फूल मुरझा जाते हैं।

समय अकेला मेरे साथ
चल रहा है।
अब मैं अकेला हूँ।

तुम्हें पता है तुम्हें खोजते समय,
अकेलेपन से भी नहीं कहता हूँ
मैं अकेला हूँ।

शाम आ जाएगी।
तुम जहाँ चली जाओगी
वहाँ की आहट
इस ख़ाली कमरे में
परछाइयों से ज़्यादा
लम्बी फैल जाएगी।

सड़क पर खड़ी गाय के लिए
कोई जगह नहीं बचती है
इन बड़े शहरों में।

बाहर बारात निकल रही है
हाय! मुझे कोई तंग क्यों नहीं करता?

सब्र

ख़ाली कमरे अब भी हैं मौजूद
उनमें ख़ाली किताबें जितनी ख़ाली हैं,
तुम्हारे कारण वे कमरे उतने नहीं।

तुम सही थे कि बारिश के तीखेपन
में अकेलापन मिल जाएगा।

ख़ुद से ज़्यादा, घास पर बैठे टिड्डे को,
गोरैया और बिल्ली को धूप में लेटे देखो।

यह सब तुम्हारे साथ ख़त्म हो जाएँगे।

कोई जीवन व्यर्थ नहीं होता।

सभ्यता का एहसास गुलाब की महक
में मिलाकर सूँघते हुए,
देखो हवा में लम्बे पेड़
डोल रहे हैं।

जो ज़माना बीतने वाला है,
वह नवजात शिशु की तरह
तुमसे लिपटा है।

देखो अपनी याद में
इसे महफ़ूज़ रखना।

अगली बारिश में
उम्मीद है
वह घास बनकर
फिर उग जाएगा।

हाँफते हुए

मेरे दोस्त भागते रहना
और समझना कि खड़े हो।

चुपचाप भागते रहना
क्योंकि समय और क्रोध
और प्रेम और द्वेष
और आकांक्षा
और सत्य और विस्मय
और तिरस्कार भी भागते हैं।

कभी इन सब को,
ख़ुद को चकित न करने देना
क्योंकि इस प्रकृति में ऐसा कुछ नहीं है
जो तुम्हारे अन्दर
मौजूद नहीं।

भागते रहना तो तुम्हें टूटते खंडहर
प्राचीन किले लगेंगे
और बीते सपने ज़माने।

भागते रहना फिर उपलब्धि का भ्रम,
शायद पीछे छोड़ सको।

साँस भागने में ख़र्च करो
तो शायद किसी और की आँखों में
अचानक देखकर तुम्हारी साँसें न भाग जाएँ
जीवन को खड़ा छोड़कर।

हवा

समय रहते हमने अकेले रहने का
रास्ता खोज लिया है।

तुम्हारी तरफ़ आ रही हवा
ठंडी नहीं है, रोंगटे खड़े करती है,
पेड़ हिलते हैं।

पेड़ हिलते हैं कि
गिलहरियाँ, चिड़ियाँ और शाल
तुम्हें चूम सकें, पेड़ स्थिरता में घूम सकें।

बारिश की आवाज़ मेरी नींद खोल देती है।
जब तुम नहीं हो
बारिश रुकती नहीं
मिट्टी सूखी रह जाती है।

गीता

सब ख़त्म हो गया।
यह मैंने क्या कर दिया?

तुमने कहा था कि यह सब तुम ही हो।
फिर क्यों रोते हैं ये अनाथ, ये विधवाएँ?
तुम तो यहीं हो।

धर्म की जीत के लिए तुमने मुझसे
कैसा अनर्थ करवा दिया?

सुनो यह बारिश के बादलों की गर्जन नहीं है।
यह प्रकृति का रुदन है।
उसे मैंने चोटिल किया है।

ये गिद्ध जो रण को ढँके हैं,
उन मृत योद्धाओं के स्वप्न हैं जिन्हें
मैंने अपूर्ण अवस्था में ध्वस्त कर दिया है।

तुमने मुझसे यह क्यों करवाया
मैं शापित हूँ, इतनी जीतों का भार
उठाकर हार गया हूँ।
यह मैंने क्या कर दिया।

देखो उन कुत्तों को, वे भी रो रहे हैं।
मैंने मनुष्यों का विषाद इतना अधिक
बढ़ा दिया कि वह जानवरों में फैल गया।

यह बारिश की बूँदें अब इस धरती को
गीला नहीं करतीं, इसके आँसू सूख चुके हैं।

मैं ही क्यों, मुझे ही तुमने क्यों समझाई गीता,
मुझसे ही क्यों करवाईं हत्याएँ।

यशोदानन्दन बोलते हैं, 'क्योंकि विध्वंस जीवन का
आरम्भ है, मैं ही था तुममें जब तुमने इन योद्धाओं
को ध्वस्त किया लेकिन पहले ही जानते थे तुम, गीता।'

'हाय! अब तुम मुझे सीधे जवाब भी नहीं देते
यह पाप तुमने मुझसे क्यों करवाया
इतनी हत्याएँ कि तीनों लोक इसकी
गन्ध से लिप्त हो गए, मैं ही क्यों?'

'क्योंकि तुम ही मुझ पर विश्वास कर सकते थे,
तुम ही मुझ पर सन्देह।'

मौजूदगी

जब चन्द्रमा की आहट
आसमान में होती है,
चिड़ियों के शोर और
पत्तियों की सरसराहट के बीच,
हम तालाब के किनारे
अब फिर टहल रहे हैं।

अब पता चला,
इस समय की मौजूदगी
के लिए हमारी नामौजूदगी
ज़रूरी थी।

प्रेम की कविता

मैं जब सब भूल जाता हूँ
तब भी कुछ बच जाता है।
हार से अधिक
वे वाक्य बच जाते हैं जो
तुमसे कभी कह नहीं पाया,
या शायद ख़ुद से नहीं।

हर परछाईं में मैं ख़ुद को
तुमसे छिपा लेता हूँ।
और छिपने से ख़ुद में छिप जाता हूँ,
वहाँ जहाँ रोशनी की जगह
मेरी उम्मीद आती है लालटेन पकड़ के।

शायद प्रेम वह जगह है यहाँ
हमारी विफलताएँ आती हैं सुस्ताने,
फिर से भाग जाने, और बच जाते हैं
हम फिर एक दूसरे से स्वप्न में
मिल जाने।

अत्तार*

हमें भी उसे ढूँढ़ना था
जिसे अत्तार ने चिड़ियों को
ढूँढ़ने भेजा था।

हम खड़े रहे,
रास्ता इसलिए तय नहीं किया
कि ताक़त कम थी।
बल्कि इसलिए कि ताक़त थी
रास्ता ज़रूरी नहीं समझा।

आम के पेड़ जो अब
ठंड में सूख गए हैं,
उनमें जो छिप गए थे पक्षी
वे भी उड़ गए
हिम्मत जुटाकर।

हम तो समझदार होने
के फेर में ज़ाहिल हो गए।

वह रास्ता लम्बा नहीं था।
दो क़दम का था।
बस आश्चर्य के साथ तय करना था।

---

* फरीदुद्दीन अत्तार, जिन्होंने प्रसिद्ध फारसी महाकाव्य *मंतिक़ अल तायर* (पक्षियों की मंत्रणा) लिखा था।

तुम

तुम में ही चन्द्रमा का
प्रकाश धूमिल हो जाता है।

और पत्थरों के ऊपर बहता
पानी थम जाता है।

इस दुनिया के राज़
कौन जानता है
और यह दुनिया
है किसकी।

हमारी इच्छाएँ और समन्दर के
तिलिस्म से भी कुछ ज़्यादा
बिल्ली में और
कुत्ते में और मुनगे के पेड़ पर
छिप गया है।

जीत

हम वही करते रहे जो आपने कहा था
तलवार उठाओ
तलवार उठाई।
सिर काटो
सिर काटे।
करो बलात्कार
बलात्कार किए।
हमें बताया गया था कि शायद मर सकते हैं।
नहीं बताया किसी ने कि जी सकते हैं हार के साथ,
अपमान के साथ।
साथ एक जीत की उम्मीद के
जो हक़ीक़त के दरवाज़े खटखटाकर थक जाएगी।
कुछ बच्चे होंगे जो कहेंगे कि इसके अलावा
कुछ नहीं था जो हमने किया था।
कुछ यादें जिनमें जीत या यश नहीं
पसीना सना है जो धुल जाएगा
और ख़ून लिथड़ा है जो कभी नहीं धुलेगा।

कुछ बूढ़े अकेले जो बच गए
अपनी जवानी का हिसाब माँगकर
कहते हैं 'हम वही करते रहे जो आपने कहा था'।

संयोग

मेरी ख़ामोशियों का घेरा
इतना बढ़ गया है कि
मैं बोल सकता हूँ।

लोगों से न बात करने की
चेष्टा में कई लोगों से बात करते हुए,
शायद यह समय ऐसे ही बीतता है।

अन्ततः मैंने ख़ामोशियों की
तलाश में संयम व्यर्थ गँवाया।

कहाँ से भागता हुआ मनुष्य
कब रुक जाता है?
किसे पता क्या हो जाता है
दो साँसों के बीच।

हम फिर से मिल गए।
यह क्या हो गया,
अब मैं किसे याद करूँगा,
कौन मुझे।

एक शब्द के भीतर अर्थ की
उपस्थिति को खोजते हुए

कुछ कह लेने की मजबूरी को
न मैं दगा दे पाया, न शब्द ख़ुद।

बंजर ज़मीन के ख़ालीपन को
ओढ़कर बारिश ही नहीं
घास भी उग रही है।

जिन्हें कभी नहीं पकड़ पाना चाहिए
उन्हें मैं पकड़ लेता हूँ।

अपनी अनुपस्थितियों के विराट
संयोग में अपनी उपस्थिति के सिकुड़ते
संयोग के किनारे मैं बैठा हूँ,
वहाँ जहाँ कोई
शायद अपनी अनुपस्थिति छोड़ गया है।

कुर्सी पर बैठा आदमी
दूसरों के लिए कुर्सी भर रहा है,
अपने लिए नहीं।

एक नीम के अकेले पेड़ पर
चिड़िया बैठी है,
भव्यता उनमें भी है जो उड़ गई हैं
कभी न आने को।

हम दोनों

कहाँ चले गए हम दोनों
और कहाँ नहीं गए।

मैं अकेला हो गया।
अकेला होना क्या है
समझना तो खो ही गया।

हम हार गए
और मैं तो ख़ुश भी हुआ कि
बचपन आ गया
या पता नहीं क्या आ गया।

और एक माँ की कोख के,
जिसके नहीं हुए,
एक पिता के प्रेम के,
जिसके शायद हो गए।

और जिसे ज़रूरत थी
उसे मिला नहीं,
और जिसे ज़रूरत नहीं
उसे ज़रूरत से दबाकर,
फिर भी ग़ुस्सा तो हो ही पाते।

ख़ाली हो गए।
और दोनों से दो हो गए
एक माँ की उम्मीद में
मैंने माँ को तोड़ दिया
और पिता की उम्मीद में
ख़ुद को तोड़ दिया।

शायद ख़ुश हो गए,
कि कुछ बदला
शायद दुःखी हुए
कि क्या बदला।

हम तो अपने सपनों का
मवाद भी नहीं हो पाए,
जो अब आँखों से नहीं
शरीर से बहता है।

और टूटे तो बोले
'तू कहाँ था।'
अलग-अलग तरीक़े से
भूलकर कि कहाँ था।

तू कहाँ था?
मैं यहाँ भीड़ में अकेला,
तू वहाँ अकेलेपन में अकेला।

देखा तो समझा
बाक़ी तो बकते हैं।

और आँसुओं का हिसाब लेकर
जब एक दूसरे के सामने पहुँचे
तो लड़ पड़े।
काश! एक बार हम भी दूसरों को तोड़ पाते।

अगर साथ रहते तो,
शायद ग़ुस्सा तो हो ही पाते।

सच्चा आदमी

मैं जूते पहनते समय याद नहीं रखता
कि कई लोग इस ठंड में
नंगे पैर चल रहे हैं।
कपड़े पहनते समय
कि ढेरों लोग बिना कपड़ों के
रेल के स्टेशन पर लेटे हैं,
इसी वक़्त।

मैं उन लड़कियों की तरफ़ नहीं देखता
जो मुझे बदसूरत लगती हैं,
भले ही वह कितनी भी प्रतिभाशाली क्यों न हों।

मैं दूसरों का दुःख महसूस करने की
कोशिश करे बिना उन्हें कायर
या नाकाम या मूर्ख घोषित कर देता हूँ।

मैं अपनी शादी के दिन अपनी पत्नी से
प्रेम करने का स्वाँग करता हूँ,
जिससे सामाजिक कहलाया जा सकूँ।

मैं प्रेम में विफल दोस्तों की तकलीफ़ें सुनकर
सड़क पर चलने वाली सुन्दर लड़की को
उसके कपड़ों के ऊपर अपनी हवस पहना देता हूँ।

मैं अपने बच्चों के परीक्षा में उत्तीर्ण होने पर
ख़ुश होता हूँ, और दफ़्तर के सभी लोगों को
मिठाई खिलाता हूँ।
मैं डर के मारे दूसरों की मदद नहीं करता।
कोई चिल्लाता है तो मैं मुँह मोड़ लेता हूँ
और उम्र हो जाने पर
अपने से कम उम्र के लोगों पर चिल्लाता हूँ।
घर में पत्नी का अपमान करने के बाद
मैं दुनिया में हो रहे अन्याय के ख़िलाफ़
आवाज़ उठाता हूँ। (ज़ाहिर है अपने घर के अन्दर)

अपने कमरे में बैठकर मैं हिन्दू बनकर
दीपावली के समय मुसलमानों को,
और मुहर्रम के समय मुसलमान बनकर हिन्दुओं को
अपनी नज़र में थोड़ी-सी हिकारत भरकर देखता हूँ
और सोचता हूँ कि इस दिन उन दूसरों को भी ख़ुश होना चाहिए।
जबकि दिन शायद किसी यहूदी वैज्ञानिक का है
जिससे कोई महान् आविष्कार हो गया है।

मैं ख़ुश होता हूँ क्योंकि सब ख़ुश होते हैं
और जो अलग होते हैं उन्हें देखकर मैं भयभीत होता हूँ।

मैं एकतरफ़ा प्रेम में विफल हो जाने के बाद
दुनिया को दोष देता हूँ,
और दफ़्तर में अधिकारी की डाँट खाने के बाद
किसी को दोष नहीं देता।

मैं मध्यवर्ग का आदमी हूँ,
मैं धन्य हूँ।

ठंड का समय

जिसमें देवता विराजते हैं और
जिस पर चिड़ियों के पंख भी
वज़न रखते हैं,
चलो उस समय को लपेटकर
वापस नामौजूदगी में लौट जाएँ।

जब कोई तो इस ठंड की
याद के परे किसी समूह में
छिपी बाक़ी स्मृतियों से
कहे, 'यार अब चलते हैं।'

लेकिन छूटे हुए घर
वापिस नहीं आते।
मैं अपने घर में
अपने घर को खोज रहा हूँ।

पेड़ों के बीच लाल ईंट की
इमारत खड़े होकर कहती है
'यह मेरा घर है और
घर तो हो ही जाता है।'
जब मैं उस घर की याद करता हूँ
जो इसी मकान में था।

तब यहाँ एक मकान था
यह सोचना भी अजीब था।

जितना मुझसे उतना ही बदक़िस्मती से
मैंने भी दूसरों से उनका छीना है।

और अब तो मैं अपनी नींद की
गोद में भी नहीं समझ पाता हूँ कि
आराम क्या यह बेचैनी ही थी।

मुझे वह समय जब मैं नहीं था
इस बेचैनी से ज़्यादा ही अच्छा लगता।

यह सब समय में लिपटा
कोई तो बटोर ही लेगा
क्योंकि मुझमें भी
सारे कण तो मौजूद हैं
लेकिन सारे नहीं।

बुआ का उत्साह, लेकिन उतना नहीं।
ताऊ का लाड़, लेकिन उतना नहीं।
माँ का वियोग, लेकिन उतना नहीं।
मैं आदमी हो सकता हूँ, लेकिन उतना नहीं।

वह सब मेरे ख़ून में है
या शायद ख़ून की आड़ में
कहीं और।

इन सबको, चलो, लपेट लें
और फिर गठरी बना लें

क्योंकि इस सब को
छोड़ा नहीं जा सकता।

स्मृति धुंध की तरह
सुबह आने पर उड़ जाएगी।
हम चलते हुए, बतियाते हुए
यहीं रह जाएँगे।

पिंजरा

पक्षी सुबह उठता है और
निकल जाता है उस राह पर
जिस पर उसके पूर्वज जा चुके हैं
अनगिनत बार।

मैं उठता हूँ भागने, भागता हूँ,
जल्दी नहाने, नहाता हूँ,
नाश्ता करने, नाश्ता करता हूँ,
पढ़ने, पढ़ता हूँ,
(उस सुख के लिए, जो बिना बताए
शरीर की गन्दगी के साथ
बह गया है।)
वह मेरी मेहनत के राज्यारोहण के मौक़े पर
वहाँ चला गया है
जहाँ चिड़ियाँ उड़कर चली गई हैं।

एक दिन जब उठना नहीं होगा,
भागना नहीं, नहाना नहीं,
तब सन्तोष आएगा, दूसरों के विश्वास में मिलकर,
और लोग कहेंगे 'सुखी आदमी था।'
चिड़िया उड़ने के पहले उतनी ही ख़ुश थी
जितना उड़ने पर।

पत्ते

वे झड़ रहे हैं, जैसे मैं
इस तंग नियम में फँसकर
बाहर निकलने की उम्मीद का गला घोंटते हुए
दूसरों को कहते सुनता हूँ
'सब ठीक होता है'।
पर होता नहीं कुछ भी ठीक।
शुरू से ही टूट जाता है
और ठीक होता है सिर्फ़ विद्रोह
जो हर इन्सान करता है सिर्फ़ अपनी क़िस्मत से।
वह भाग जाता है अकारण।
वह विचारों की कसौटी पर,
कसता है इस अर्थहीन जीवन को
जिसके साथ वह वहाँ पहुँच गया है।

ख़ुशी का पहाड़ा भूलता है।
पढ़ता नहीं, और पढ़ता है
तो नौकरी नहीं लगती,
और लग जाती है तो प्रेम नहीं,
और प्रेम आता है तो उसकी आड़ में
वही ऊब से भरी हुई ज़िन्दगी आ जाती है।
जिस ज़िन्दगी को जीना चाहता है
वह हमेशा दूर भागती रहती है।

रुककर मनुष्य कहता है
बदला जा सकता है सबकुछ।

कहीं और विपदा आने पर,
ज़िन्दगी के उस कोने में।
जिसकी ओर उसने बहुत समय से
नहीं देखा था,
(उस अस्त-व्यस्तता के बीच
पहाड़े का स्मरण किये बिना।)
वह महसूस करता है ज़िन्दगी को।
दिलासा देता है सबको, पर किसको,
शायद उसे जो उसमें नहीं है,
पर वह है कौन?
हर इन्सान को पागल बनाकर
जब देवताओं ने भेजा था,
तब समझने के लिए नहीं,
बरतने के लिए एक छोटे-से बच्चे की
कल्पना के कोने में व्यास को बैठा दिया था
जिससे ज्ञान उत्पन्न हो पाए।
मनुष्य प्यार करता है और प्रेम पाने के बाद
अपनी इच्छा का भार किसी और पर
डाल देता है,
और फिर किसी और पर,
और फिर किसी और पर।

यह भी नियम है दूसरों पर इच्छाएँ मढ़ने का,
दूसरों की कल्पना के बाग़ीचे में
उनकी इच्छाओं की घास उखाड़कर
अपनी इच्छाओं का पेड़ लगाने का।
अश्वत्थामा मारा जाता है, पर हाथी।

कहाँ जाएगा वह इससे दूर भागने,
जो उसके अन्दर छिपी है
लालसा, वह पूछती है 'मैं दूसरों से ज़्यादा
तेरी कैसे हो गई।'

अवाक् वह पलटता है
एक उम्र बीत जाने के बाद
बटोरता है उस सबको
जो उसे लगा था खो गया है
और ढूँढ़ता है नियति,
जिससे इस बार उससे दूर भाग पाए।
अपने बच्चों की आँखों में वही अकेलापन देखता है,
और उनकी आँखों में,
अपने बुढ़ापे के इस पड़ाव के आने
पर सन्तुष्ट होने की इच्छा को देखता है।
कहता है बड़ा हूँ, थका हूँ,
बाल सफ़ेद हो गए हैं, पर वही खोज रहा हूँ
जो शायद तुम्हें मिल गया है।
कुछ समय बाद, वह उन बच्चों में
वही सब देख, जो वह ख़ुद में देखता है, छिटक जाता है।
उम्मीद करता है कि उम्र के हाशिये पर,
जहाँ मृत पूर्वज उन इच्छाओं को लालटेन से
रोशन किए खड़े हैं
जिनका रिवाज़ बीत गया है,
उनमें खोज पाए उसे जो उसके भीतर
हमेशा से था, हमेशा होगा।

यात्रा

हरी कमीज़ पहने एक लड़का सड़क के किनारे से मुझे देखते हुए चल रहा है जब मैं गाड़ी चलाकर उसके सामने से निकल रहा हूँ यह सोचते हुए कि

अकेलापन तो तब भी लगता था
जब लोगों के साथ था।
पेड़ में उसके फूल की तरह अकेला,
सड़क पर कुत्ते की तरह
अकेला नहीं।
मुझे लगता था अकेलापन
दूसरों को हँसते हुए देखकर।
अब शक होता है।
शायद वे मुझे देखकर महसूस करते होंगे
वही जो मैं उन्हें देखकर महसूस करता हूँ।
उन्हें भी लगता होगा कि जो तत्व ख़ुशी देता है
और अकेलेपन को दूर करता है,
वह तत्व इसके पास है।

वह कहाँ है?
वह देवताओं की हँसी से कभी
भक्तों में समाविष्ट नहीं हो पाता।
वह हर नई विफलता का

सामना करने का बल नहीं देता,
वह चलता है आदमी के साथ
जब तक आदमी चलता है,
और जब आदमी रुक जाता है
वह आगे बढ़ जाता है।
वह आँखों से निकलता है उम्मीद की तरह
और नज़रें मिलने के बाद
कायरता बनकर मुँह मोड़ लेता है।
जैसे अंत:करण में समय बीतता है
और उसका मौसम नहीं बदलता, वैसे ही
वह बिना बीते, बीतता है।
वह क्या है जो सारी तकलीफ़ों के बावजूद
मुझे मेरे बचपन से जोड़ता है।
और हारने पर हर इन्सान को दूसरों से।
क्योंकि हम हारकर ही
दूसरों से जुड़ते हैं।
जबकि हारने के बाद हम जुड़ना नहीं चाहते
क्योंकि जुड़ना ही हमें याद दिलाता है कि
किस क़दर भिन्न होती हैं लोगों की दुनियाएँ।
कोई कितनी भी मोहब्बत करने के बावजूद
दूसरों की पीड़ा को बाँट नहीं सकता।

बस के पास से गाड़ी दबाकर निकालते समय मुझे अहसास हुआ कि जिस सड़क पर मैं गाड़ी चला रहा था वह सिकुड़ गई थी। दो कुत्ते सड़क के किनारे एक-दूसरे के पीछे भाग रहे हैं और मुझे लग रहा है कि

मेरी अँतड़ियों में मेरी प्रेमिका की महत्वाकांक्षाएँ
गुड़गुड़ा रही हैं।
मैं उन्हें पचा नहीं पा रहा हूँ।
उसे देर तक सुनकर और समझकर

मैं वह करने की उम्मीद में खड़ा होता हूँ
जिसे करने के दौरान
हर मनुष्य बदल जाता है।
महत्त्वाकांक्षाओं का बोझ
हर किसी की कमर तोड़ देता है।
आत्मावलोकन छीन लेता है
और उसे कूड़ेदान में फेंक देता है
जिसका नाम है 'आत्मश्लाघा'।

उड़ जाना और आसमान छूना
चिड़ियों का काम है।
इंसान कोशिश करके भी
केवल झुक पाता है
अपने देवताओं के सामने,
जिन्हें उसने ही बनाया है
जैसे ब्रह्मांड भी उसने ही अपनी कल्पना से।
दूसरों पर हैवानियत और फिर
इंसानियत की क्रूरता करने के बावजूद
केवल ख़ुद को छू पाता है।
वह घेर लेता है ख़ुद को
उन लोगों से जो उसे आदर्श मानें।
जिनके सामने उसे स्वीकार न करना पड़े
कि वह नहीं जानता कि वह किसके सामने
झुकता है, जैसे जानवर नहीं जानते
और फ़रिश्ते जानते हैं (या शायद वे भी नहीं...)।

कार चलाते समय मुझे याद आई एक लड़की, जिसकी शेर की तरह दो बड़ी आँखें हैं, होंठ पतले हैं, और जिसकी चाल शुतुरमुर्ग की चाल की तरह अधीर है। यह सोचते हुए मैं दूसरे वाहन से भिड़ते-भिड़ते बचा। उम्मीद है कि अकेलापन मुझे कभी नहीं छोड़ेगा।

उम्मीद है कि उस लड़की को...
ख़ैर छोड़िये कौन ऐसा हो ही जाएगा।

अख़बारों की सुर्ख़ियों–सा मैं ख़र्च हो रहा हूँ
कहीं और होता तो मैं ख़र्च न होता।
उम्मीदें कभी घिसती नहीं है
आदमी को घिसते हुए।
मंज़िल पर आकर मुझे समझ में आया
कि यात्रा से केवल फ़ासला बढ़ता है
और कुछ नहीं।

आकांक्षा

शायद सितारे आज टूट जाएँगे
उसकी अस्त-व्यस्तता के बीच
कहीं कुछ ऐसा, मवाद ही हो
पर हो ज़रूर, जो प्रतिभाहीन मनुष्य के साथ
भी रह जाएगा
समय के अन्त तक।

कुछ ऐसा जो चमकेगा
किसी पहाड़ के ऊपर
एक अदृश्य बिजली की तरह।

हर स्वप्न हर बार एक चमक
एक बात, एक स्वप्न, हर बार।

एक विषम अथाह विस्तार
यह मनुष्य, यह मृत्यु, हाहाकार।

जहाँ हम जाएँगे वहीं से कभी आ रहे थे।

करुण कर्म, ध्वस्त कपाल
प्रज्वलित स्वप्न, स्मृतियाँ अपार।
कुर्सी से उठकर एक तरफ़ जाते हुए,

जाकर आते हुए
हमसे रात छूट गई।
मैं यह करूँ, मैं वह करूँ
मैं क्या करूँ?

उसे रोना ही था जिसे
हँसना ही था।

कुछ तो बचना ही था,
कुछ तो बच ही गया।

देशभक्ति

अब क्या रह गया है,
हम सब तो हार गए।

अपनी कोशिश की नाकामयाबी का
सामना करने का जज़्बा भी।

चलो, अब समय आ गया
पिछली शताब्दी के कोने में
हम गाँधी को बैठाकर आ गए,
यह बोलकर कि
देश आज़ाद हो गया।

क्योंकि हमें पता था कि आज़ादी
क़ुर्बानी माँगती है
हमने एक दूसरे को मारा,
उन्हीं अस्त्रों को उठाकर जिन्हें
सदियों पहले अशोक ने त्याग दिया था,
हम लड़ते गए और कुछ न कर पाए।

और हम छिप गए उस युद्ध से
जो हममें छिड़ गया था जिसे
जीतकर एक कुत्ते को
छोड़ने की शर्त पर

स्वर्ग जाने से मना कर चुका था
युधिष्ठर।

अपने बूढ़ों के स्वप्नों को नोचकर
हम परिष्कृत हो गए।
अंग्रेजी बोलते-बोलते हमने
हिन्दी में सोचा क्या हम स्वतंत्र हो गए?

हम कुछ तो हो ही गए होंगे
ढोंगी, क्रोधी, ईर्ष्यालु!

समय में गुँथा एक फन्दा
जिसे खोलने की फ़ुर्सत
अब किसी के पास नहीं है।

हम यह समझ नहीं पाए
कि इस शोर से नहीं छिपेगा
कि हम अकेले थे,
नहीं छिपेगा कि
दूसरे भी अकेले थे।

घर

मैं क्या इसके अलावा
कुछ नहीं हो सकता था?

शायद किसी का सपना
हो सकता होऊँगा!
लेकिन किसका?

एक आदमी तो मिले जो
दूसरों के सपने देखे।

इस बारिश में वह लड़का
एक कोना ढूँढ़ रहा है
जो मुझे बैठे-बैठे मिल गया है।

या वाक़ई मिला है क्या?
कहाँ से भागकर
आ गईं हैं मेरी यादें
यह उसे पता नहीं जिसने
अपना घर ढूँढ़ा नहीं है।

यह रोशनियों और अँधेरों की
भूलभुलैया क्या हो जाती होगी

जब किसी को इसमें
ख़ुद को खोजना होता होगा।

क्या समय में फँसे हम लोग
किसी भी ख़ालीपन के हो सकते हैं।

रात हो गई, पानी गिर गया है,
समय दीवार पर चिपक गया है,
जहाँ घड़ी यादें बिछाई सो गई हैं।

हर रंग हर बार वही नहीं रहता
घर की बदलती चीज़ें
दूसरों के लिए बदलीं,
मेरी आदत में हमेशा मौजूद थीं।
और जब बदली तो बिखर गईं।
हर चीज़ ने घर को रंगून बना दिया
हम बहादुरशाह जफ़र नहीं हो पाए।

शायद ढूँढ़ने पर ही
मिलता है मलाल भी, नहीं तो
ग़ुस्से का हाथ थामे
चला जाता है वह किसी कोने में
खड़े होकर पूछने, 'घर कहाँ छूट गया?'

कहीं का होना भी
बड़ी बुरी बात है,
आदमी ख़ुद से थक जाता है।

जगह मिलने पर आश्चर्य नहीं होता,
आदत हो जाती है,
पानी के छत पर गिरने की आवाज़ की।

इस बारिश में
मैं एक कोना ढूँढ़ रहा हूँ,
जो मुझे बैठे-बैठे मिल गया है।

समय

तुम कहाँ छूट गए?
युद्ध के अन्त की सूचना लिये
बारिश आ गई है।

एक समय
इस बारिश को ही एक मकान की
खिड़की से छुपकर देखकर
हम बचते थे
उस ठंड से
जो बारिश में मिलकर बह रही थी।

बारिश की महक नहीं बदली
कुछ पल जो इतनी
जल्दी बीत गए हैं कि
शायद ठीक से जिये ही नहीं थे,
अब ढेर सारी लम्बी यादें बनकर
पूछते हैं, 'तुम कहाँ छूट गए।'

कुछ उम्मीदें जो अब
लावारिस हो गई हैं, सपनों के रास्ते
मेरे पास कभी-कभी
आ जाती हैं या शायद ये नई हैं

जिनका समय बीत गया है
बहुत जल्दी, अभी याद नहीं बना है।

मेरे तो बचपन में बहुत दोस्त भी
नहीं थे, फिर ये यादें कहाँ से आ गईं?
कुछ अर्थ जो समझ के परे रहते हैं,
अक्सर पेड़ों की गन्ध में
और चिड़ियों की आवाज़ में
छिप जाते हैं।

बचपन के उस मन्दिर के पेड़ के
फूलों में जिनका मुझे नाम तक नहीं पता,
कुछ देवता बैठे-बैठे
मेरी यादों को ऐसी भव्यता दे रहे हैं
जो मेरे जीवन में नहीं।

अब बहुत बार देखने पर भी
हरीसिंह गौर की
मूर्ति वह नहीं हो पाती जो
बरगद के वृक्ष-सी भव्य थी।

कितना समय बीत गया
अब लगता है तब जब हम
कुछ नहीं थे, तब कितने कुछ नहीं थे।
क्योंकि शायद फूफा के स्कूटर पर
या टनटन पाईप* पर
अस्पताल के वार्ड से मेरी माँ की

---

* बचपन में मेरे ताऊ अनिल मुझे और मेरे भाई को सागर में एक छोटे से पोखर के पास खेलने ले जाते थे, वहाँ एक टूटा पाइप था जिस पर हम पत्थर मारते थे जिससे उसमें टन-टन की आवाज़ होती थी। वह टन-टन पाइप बन गया।

लोरियाँ आ गई थीं।
जो बचपन में सुलाती थीं, अब नहीं।

ऐसा क्यों सोचा देवताओं ने
कि जब हम बड़े हो गए हैं
हम चोरी नहीं सीख गए होंगे और फिर
नहीं पहुँच गए होंगे वापिस,
उन हाथियों की कतार पर बैठकर,
जो बिस्तर के बाजू रखी थी।*

* मेरे ताऊ अनिल हम दोनों भाइयों (आस्तीक और हुताशन) को अपने बिस्तर पर सुलाते थे कूलर के सामने और ख़ुद बिस्तर के किनारे सो जाते थे ताकि हमें गरमी न लगे। उस बिस्तर के बाजू में एक लकड़ी के हाथियों की कतार रखी थी।

मंसूर के लिए

बहुत बच्चे जवान हो गए
उस समय के बाद।

बादल गरज गए,
पहाड़ टूट गए,
समय बहा भी, थमा भी।

मैं कभी मंसूर से मिल नहीं पाया,
लेकिन बहुत लोगों से जिनसे मिला हूँ
उतना अपनापन नहीं पाता
जितना मंसूर से।

हवा के बीच हिल रही पत्तियाँ भी
शरमा रही हैं
बादल की खुली चीख़ के आगे।
अब क्या कहना है
जब सब ख़त्म हो गया
तब भी कह रहा हूँ।

कितने ख़ुश एक बच्चे की तरह
हर राग में
कैस की तरह दुखी हर राग में।

समय तो वह पालना है
जिसमें हमें बैठाकर
मंसूर करते हैं
अपनी मौलिक प्रार्थना।

बूढ़े लोग ज़्यादातर कितने
जवान बच जाते हैं।
बादल अक्सर गरजते हुए
बरस भी जाते हैं।

हर बार जब हम मंसूर को सुनते हैं
तो मंजी ख़ाँ हमारे अन्दर आकर
आँसू बहाते हैं और ख़ुश हो जाते हैं।
कहें तो किससे, मंसूर नहीं रहे।
हम चुप रह जाते हैं और कितना
शोर कर जाते हैं।

पेड़ के हिलने का वेग,
चिड़ियों की उड़ान की थकान,
पितरों का वर्णन करने की असम्भावना,
सब एक-एक तान में,
हाय, मंसूर नहीं रहे।

शायद किसी सदी के किसी ऋषि ने
अपना ज्ञान शताब्दियों पार
मंसूर के गले में फेंक दिया था
और जब उसने देखा कि
हम तो सुनते ही नहीं ख़ुद को
गाना क्या सुनेंगे,
वह बिफर गया।

मंसूर महफ़िल में मंजी ख़ाँ और
अल्लादिया ख़ाँ को गाना सुनाने लगे।
बूढ़े हो गए तो यह दोनों
उनके अन्दर बैठ गए और
बूढ़े मंसूर ने फिर गाना शुरू किया।

जो सुनते थे उनके तो खड़े होने की
जगह नहीं बची, हॉल इतने भर गए
कि फिर से ख़ाली हो गए और
बड़े उस्ताद[1] विनम्रता से पीछे हो गए,
फ़ैयाज़ ख़ाँ[2] टूटी क़ब्र को समेटते हुए
लाचार हो गए।

कुछ समय के बाद तो
कुत्ते भी भौंकना बन्द कर देते हैं।

गाएँ तो अब दिखती ही नहीं
पता नहीं कहाँ से रोटी खाती होंगी।

जब हम हर क्षेत्र में
प्राचीनत्व को ख़त्म कर रहे हैं तो
शुक्र है कि समय का एक अंश
मंसूर की आवाज़ के तले महफ़ूज़ है।

---

1. बड़े उस्ताद—ज़िया मोहीउद्दीन डागर साहब को आदरपूर्वक बड़े उस्ताद कहा जाता था।
2. 2002 के दंगों के दौरान फ़ैयाज़ ख़ाँ की कब्र टूट गई थी।

ख़ुशी

आज मैं ख़ुश हूँ
मेरे पास वह सब है जो
इन्सान को यह पूछने से रोकता है कि
मैं ज़िन्दा क्यों हूँ?
या कि ज़िन्दा होने का मतलब क्या है?
और मेरे पास ये प्रश्न भी हैं।
गुलछड़ी के पेड़ की तीखी महक
मुझे कुछ उल्लास दे रही है।
खिड़की के पीछे दशहरा के समय
बजने वाले नाना प्रकार के
गाने बज रहे हैं।

मुझे अक्सर इस मौसम में
लगता है कि मैं अकेला नहीं,
शाम को दोस्तों की जगह
गानों का साथ भी तो हो सकता है।

एक अन्तर है,
दोस्तों के साथ
मैं क्षणों में टूटा समय बिताता हूँ,
गानों के साथ क्षणमुक्त समय।

बादलों का इन्तज़ार करते समय
बिना बारिश हुए ही
थोड़ा भीगा जा सकता है।

लोग जितने वास्तविक होते हैं,
उतने ही काल्पनिक भी होते हैं।

कुछ रेशे जो भगवानों के,
अक्षर बनकर गिरने थे,
सूखी पत्तियाँ बनकर गिर रहे हैं।

कोई दोस्त अगर आ भी जाता
तो गुलछड़ी की महक और गानों के
शोर को सिगड़ी में डालकर
आग में हाथ तपाते हुए
मैं यही तो कहता
कि ठंड बढ़ गई है।

मल्लिकार्जुन मंसूर

अब ठंड में चमेली के
पेड़ में फूल आ गए हैं।

मेरे बचपन का पेड़ खिल गया है,
मेरा बचपन खिल गया है।

परिष्कृत लेखन की कोशिश करना
अब छोड़ सकता हूँ।

बहुत सुबह एक वृद्ध आदमी
पूजा के लिए
दूसरों के घर से फूल तोड़ रहा है।
डर के कि कहीं कोई टोक न दे।

एक समय था जब मुझे लगता था
कि कोई मरता नहीं
लोग खो जाते हैं।

दीवाली के पहले मैं न जाकर
भी फिर से कार के पीछे
बैठकर पटाखे लाने वाला हूँ,
थोड़ी ठंड बढ़ जाए।

मुझे शर्म है कि मैंने इस समय को
सहेजा नहीं, पकड़ना तो
तेल को पकड़ने जैसा है
या शायद वैसा नहीं।
यह सारे 'जैसे वैसे' तो मैंने
बहुत बाद में सीखे हैं।

उस समय कुछ न पाना भी
कितना अच्छा था, शायद इच्छा में भी
न मिलने की सम्भावना होती थी।

इतना सब सहेजने के क़ाबिल
तो देवताओं के लाड़ भरे
हाथ भी नहीं हैं।

मुझे तो शायद यह सब अब वैसा
याद भी नहीं जैसा मैं याद रखना
चाहता था।

यह सब अब मुझमें
बहुत नहीं बचा है लेकिन
इस गायक को
सुनते हुए लगता है
कि मेरा बचपन जितना मुझसे दूर है,
उससे कहीं ज़्यादा मेरी तरफ़ भाग रहा है।

दु:शासन

आज कुरुक्षेत्र क्रोधित है।

आज का ही दिन था
जो शुरुआत से उसके साथ था।

वह योद्धा कौन है जिसके
शरीर से उठ रही है यह तीव्र गन्ध।

चीलें भी, जो हवाओं के ऊपर से तैर कर आई हैं
जानती हैं कि आज का दिन अलग है।
द्रोपदी की प्रतिज्ञा देखो आज पूरी होगी।

दु:शासन देख चुका है यही सब पहले भी,
वह मुस्कुराता है, शंख बजाता है,
तीव्र गति से अश्वों को दौड़वाता है।

यह सामने कौन है दु:शासन।
आज यह कैसे बचेगा,
देखते हैं भीम, नेत्रों में रक्तकामना प्रचंड।

दु:शासन भागता है, भीम भागते हैं।
क्रोध और हत्या करते हैं सम्भोग।

अब कर रहे हैं एक दूसरे पर वार।
हो रहा है दुःशासन क्षतिग्रस्त बार-बार।

कहीं से वज्र, कहीं ब्रह्मास्त्र
द्रोपदी मचलती है, उसे भी है आभास।

योद्धाओं ने लड़ना बन्द कर दिया है,
केवल वे दो लड़ते हैं।

देखो, कुन्तीपुत्र की भुजाओं पर क्रोध सवार है,
दुःशासन का तेज भी अपरम्पार है।

कहाँ भागता है नीच, इन्हीं हाथों से खींचे थे
पांचाली के केश, इन्हीं भुजाओं से किया था चीरहरण।
वासना नाचती थी इन्हीं नेत्रों में, द्रुत लय से।

दुःशासन को अपना अन्त दिखता है
अब वह नहीं बचेगा।
उसे लग गई हैं वे चोटें जिनका हाथ पकड़कर
आती है उनकी अन्धी माँ, मृत्यु।

वह देखता है भीम को और हँसता है
'धन्य हो कुन्तीपुत्र, धन्य हो।
मैं ही हूँ काल और वह चौपड़ का खेल,
मैं ही यह युद्ध भी,
मैं ही था जिसने इस युद्ध की
योजना बनाई थी कुरुक्षेत्र के साथ।
मुझे ही थी विध्वंस की कामना, जो
तुमने पूरी की है। धन्य हो।'

भीम रखते हैं अस्त्र, जोड़ते हैं हाथ
घुटनों पर बैठे, आज कोई नहीं जाता।
रात्रि में करती है द्रौपदी रक्तस्नान।

सूर्य

ठंडे पत्थर पर बैठना,
थोड़ा कष्टप्रद है।
सूरज कब उगेगा।

सालों से लोगों ने दिए हैं मुझे,
अन्तहीन अन्धकार।
अब सब खो रहे हैं।

सूर्य की पहली किरण ने छीन लिया था
मुझसे आश्चर्य।
इन शंखों में समुद्र अब असम्भव लगता है।

कितना यत्न ?
सब भूल गया।

इस विषाक्त धरती को सदियों देखा
शव उगाते।

प्रतीक्षा किसकी हरी घास उग जाएगी एक बार धरती पर
बारिश रहेगी सदैव।
वह रहा उत्तरायण का सूर्य।

अम्बा नहीं है शिखंडी।
वह इस सूर्य की पहली किरण है।

यही है जिसमें छिपा है अम्बा, अम्बालिका
अम्बिका का अपमान, कामधेनु का अपमान।

क्या जो भूत है वह वास्तव में बीत गया।
मुझे मुक्ति क्या मिली या नहीं?

रण में खड़े भीष्म अपनी काया को
सम्हाले अचानक देखते हैं शिखंडी को।

'तुम्हारा अन्त आ गया भीष्म', वह बोलता है
देखते हैं भीष्म उसे अपनी निःशेष ज्योति से
बोलते हैं हँसकर 'उत्तरायण का सूर्य।'

इतिहास

हरे आइने के पीछे खड़े लोगों
मुझे क्षमा कर दो।

कोई भाग गया था
शायद मैं।
कोई भाग गया था।

इतिहास की कोठरी से
मुझे निकाल दो।

कहीं यह सर्वगत परिष्कार
मुझे खा न ले।

तुम कहते तो रुक जाता
मेरी याद भाग गई।
काली सड़क पर,
मन्दिर के भीतर फूलों में
पानी में डूबे पाईप पर
खिलौनों के जीवन में
धूप की याद में।

मुझसे एक बार तो कह देते कि
यहाँ तेरे लिए भी जगह है।

शायद रुक ही जाता
फिर यह थमा समय
बिल्ली के बच्चे की आँख के
हर आँसू में ऐसे जमा न होता।

गर्मी के कटे पेड़ों के बीच
उसके लिए जगह नहीं थी,
धूप में खड़ी जिस
गाय को मैंने एक रोटी
खिलाई थी।

उस समय भी खटकता था यह ब्रह्मांड
देवताओं जो तुमने बताया नहीं था कि
ज़िद पर बदलता है और फिर नहीं।

हम बदलने न देते
यदि पता होता
कि यह हमसे हो गया।
किसी कटे पेड़ से
चिपक भी जाते
जिसमें गिलहरी की याद है।

और चिड़ियों से हर बार
स्वर्ग में उड़ जाने की
कामना नहीं करते।
कविता वह समय है
जिसे इतिहास देख भले ले,
पर दोहरा नहीं सकता।

यथार्थ

इस बार हम अकेले नहीं हैं
इसलिए शोर से चिढ़ सकते हैं।
हमें ज़रूरत नहीं किसी और की।
अकेलापन भी अकेला नहीं।

हममें से हर कोई एक दिन
मूसा की तरह किसी
नए देश में जा रहा है
लेकिन वहाँ घर नहीं।

अकेले मनुष्य से क्या कहें?
यह सब जहाँ से आया है
वहीं एक बार फिर अनुमति
लिये बगैर जाने के
सपने देखता है।

हम अगर हम नहीं
तो क्या हैं?
सब यहाँ आए
मैं यहाँ रहा
मैं यहाँ से चला गया।

अगर यह सब मेरा है
तो कितना पराया है।
ये ढोल, ये नगाड़े यह
अकेलापन अपने ही हाथों से
बनाया हुआ एक क़िला है।

अगर किसी ने बनाया है
तो ऐसा क्यों बनाया है।
शायद उसे भी नहीं पता
कि ऐसा क्यों बनाया है।

कम से कम हिम्मत दी होती
कि कह पाते यह हमारा है
यह सिर्फ़ हमारा है।

आईना

स्तब्ध हो जाने की अपेक्षा से निरपेक्ष
मैं समुद्र को देखना चाहता हूँ।

क्या कुछ ऐसा भी दिख सकता है
जो किसी और का
आईना न हो?

जिन पेड़ों पर विश्राम करते हुए
हवा बह रही है, उन पर भी तो
किसी स्वप्न की बेचैनी लिपटी होगी।

एक गिरगिट जो आईने के परे
पेड़ को देख आईने पर चढ़ने की
कोशिश कर रहा है,
वह दूसरों के आईने में
अपने आईने को देख रहा है।

पीले गुलाब के कठोर गमले
पेड़ों की तरह लगते हैं।
कोई बताएगा भी कि सच क्या है
जब जिसके लिए आईना ढूँढ़ रहा हूँ,
वह तो आईने में ही दिखेगा।

और जब दिखेगा तो खो जाएगा।
एक दूसरे गिरगिट
और पेड़ के बीच आ जाएगा।

एकान्तवास

जिसे सम्बोधित होना, आनन्द दे
उस मित्र से कहना चाहता हूँ

मार दिया गया है मेरे प्रमाद को
मैं अकेला हो गया हूँ।

सर्वयुग एकांकी था
किन्तु किसी पेड़ से
दो क्षणों के लिए धरा पर उतरी
गिलहरी की तरह मुझे लगता था
कि वह वृक्ष मेरा है।

अपवर्ग की सूची से पहले नाम को,
अंकोड़े से खींचकर लाने की पीड़ा को अंगेजते
हुए मैं वापस कुंड में ले आया।

वात्याचक्र बनने से पहले ही टूट रहे हैं
क्योंकि बालकाल के स्वप्नों की प्रतिमाएँ
भ्रष्ट हो गई हैं।
श्रद्धा भक्तिगम्य होती है
संतों के निर्विकार चित्त में
सैकड़ों रदी द्वंद्व करते हैं

तुम्हें ज्ञात है शान्ति कितनी प्रचंड
और तीक्ष्ण होती है।

कालमुक्त या कालहीन कवि कहे
मैं अकेला हो गया।

यात्रा (बुद्ध)

जो देख रहे हो उससे ज़्यादा सच नहीं है,
वह जिसकी उम्मीद कर रहे हो।

यहाँ देखो, वह बूढ़ा खड़ा है
और देखो कि सत्य उसके पास भी उतना ही है
जितना तुम्हारे पास।
आगे बीमारी देखो और लोगों की आँखों में
अपनी सम्वेदनहीनता देखो।
उनसे ज़्यादा तुम बीमार हो।

मृत्यु देखो,
इस ज़माने की इकलौती पवित्रता
मान लिया गया है जिसे।

यदि सत्य चाहते हो
तो हर मनुष्य में, जानवर में
कीड़े में और जंगल में,
पेड़ों में, डाल में, एक पत्ती में
पत्थर में और छाती में फैले
दिल की तरह और शरीर में फैली
नसों की तरह, संसार में फैले समुद्र में देखो
ग़रीबी और अत्याचार और रईसी का खोखलापन

और अहम् की ग़ुलामी में पड़े आपस में लड़ते
मनुष्य और अनश्वर लालसा सब में देखो।

इस दुनिया में सत्य से छुटकारे की आड़ में
भागना ही सत्य की गरिमा है।
मज़ाक गम्भीरता की पराकाष्ठा हो चुका है।

बोधिसत्व का वृक्ष हर मनुष्य में
एक नया सत्य ले जन्म लेता है।

जब लोग इंसाफ़ और क़ानून के नाम पर
हिंसक होते हैं, एक मनुष्य चौराहे पर
हाथ रख पूछता है :
'कौन साक्षी है?'[1]

1. जब मारा पूछती है कि बुद्ध की ज्ञान प्राप्ति का साक्षी कौन है? पृथ्वी उत्तर देती है, 'मैं हूँ साक्षी।'

मुफ़्तख़ोरी

वह मुझमें मिल चुकी है
उस समय से जब वह चली गई थी।
सोचकर,
समय ख़राब करने के बाद,
उत्तर से भागते और फिर प्रेम में विफलता से सामंजस्य बनाते,
जब सपने में उसकी झलक आती है तो सब टूट जाता है।

उसे बटोरते, उसकी याद को अपनी निन्दासी आँखों से दूर करते,
नींद की बाँहों में यह पाते
कि वह फिर आ गई
नीला सलवार-कमीज़ पहने,
नींद टूट जाती है।

मैं फिर उस गली में जाता हूँ,
वह फिर नहीं दिखती।

सपने में हर दिन
वह सुन्दर होती जाती है,
इस क़दर कि जब वह धोखे से
उस गली में वाक़ई दिखती है,
तब मैं आँखें फेर लेता हूँ।

मेरे मस्तिष्क के मैदान को,
जहाँ विचारों के बीज लगे हैं,
वह सपनों के घोड़े से रौंदती है।
विचार उग नहीं पाते,
सपने थक जाते हैं।

इच्छाएँ

लकड़ी की अलमारी पर धूल,
उनसे चिपकी दीवार पर टँगी इच्छाएँ।
जैसे मैं अलमारी को,
वैसे पूरी न हुई इच्छाएँ मुझे,
झाड़ने आती हैं।

तीन छोटी कविताएँ

1

वह जल्दी चलती है
ताकि गिर सके।

उसे खड़े होते हुए देखने के लिए
सूरज निकल आया है।

2

वह हँसी में
सब समेट लेती है
जो मुझे मैं बनाता है।

वह हँस देती है,
मैं ख़ाली पीपे की तरह
डोलता रहता हूँ।

3

उसके हाथ हिलते हैं
और मैं उन्हें पकड़ लेता हूँ।
पहले उनमें उसे,
फिर ख़ुद को,
और यह दोनों पाने के बाद
अकेलेपन को।

विध्वंस की शताब्दी

इस शताब्दी के आगमन पर
काल प्रवाह ने मनुष्य देख,
तुझे क्या बना दिया है।

मैं अपनी आहुति देता हूँ।
मैं मर गया हूँ और
मेरे श्राद्ध पर अनादरपूर्वक आमंत्रित हैं
सब जीव-जन्तु, पुष्प और पत्थर।

मेरे देवताओ, पीछे मत छूट जाना।
ऐसा इसलिए हूँ क्योंकि तुमने ऐसा बनाया है।
मैं रुख़सत लेता हूँ अपने अनुग्रहों से,
वासना, लोभ और आत्मरक्षा के व्यर्थ विन्यासों से
और अपने किंचित् व्यय से।

शुरू में कुछ नहीं था।
फिर हिंसा आई,
रक्त की लाल साड़ी पहने।
हमारे समय में सफलता की शादी हो रही है
आओ हिंसक पुरुषो और बर्बर राजनेताओ
समय उपयुक्त है और यह समय ऐसा हमेशा से था, याद रखना।
तुमने इसे भी नहीं बनाया है।

तुम भोले जानवरों को भी
मूर्ख नहीं बना पाए हो।
लेकिन यह सही है
कि श्मशान अब नए उद्यान बन गए हैं।

मुझे सड़क से डर लगता है
जहाँ इतने सारे मनुष्य
और जीव और अपमानित अनुभूतियाँ रहती हैं।
गाड़ी की खिड़की के बाहर
हम सब में समय और आकांक्षा और प्रतिद्वन्द्विता
और विफल सपनों के भीतर मर्यादाहीन लिप्सा,
क्रूरता और अहंकार,
(पंक्ति के अन्त में खड़े हो जाएँ,
जैसे पता ही है आपको
यहाँ अपमान समय लेकर हो पाता है।)
और महाभारत के यक्ष और स्तब्ध गाएँ
और लाचार महिलाएँ और बनावटी चित्रकार ...

कुर्ता नया प्रचलन है,
कविता हो न हो कुर्ता होना चाहिए,
कविता का यह सत्य है।
संकोच की तरह सच,
प्रमाण की तरह सच,
आदर की तरह सच,
दुःख की तरह सच,
झूठ की तरह सच।

बोलो कि मैं निर्दोष हूँ
और फिर और ज़ोर से बोलो

क्योंकि जेल के अन्दर की
पिटाई दिमाग़ में होना शुरू हो गई है।

परीक्षा में उत्तीर्ण हो जाओ
क्योंकि सफलता या कम से कम सफलता की गुंजाइश
परीक्षा का कवच पहने खड़ी है,
सम्भोग कवच उतार कर होगा।

हिंसा के बाद मशीन आई
और अनन्तकाल से बेख़बर मनुष्य को
पता चला पहली बार कि वह बेख़बर था।

अच्छा हुआ कि ख़ुशी का जादू
लम्बी गाड़ी और अच्छे जूतों में मिल गया।
आख़िर गाँधी और बुद्ध और युधिष्ठिर
आत्म-प्रश्न में डूबे ही थे,
क्या मिल गया?

जूते की चमक के ऊपर
टेसू के पेड़ में
फूल नहीं अँतड़ियाँ और गुर्दे
उग रहे हैं।
इन्हें निचोड़ लेते हैं।
होली आने वाली है।

जब ज़मीन पर हाथ रखते हैं बुद्ध हर बार,
तो वह पूछती है यदि सत्य है
तो पूछते क्यों हो।

क्योंकि मैंने कोशिश की है
और समझ नहीं पाया हूँ
कि फल और कर्म क्यों मिल जाते हैं
मनुष्य के सपने में।
क्योंकि मैं नहीं समझ पाता कि जीवन की
अर्थहीनता सहते हुए भी रोज़मर्रे की निराशा क्यों तोड़ देती है,
क्योंकि मृत लोगों की आकांक्षाओं का भार भी
न उठा पाने के कष्ट को संतोष से
ढँकना कठिन हो रहा है।
अपनी उम्मीदों के टोकरे को
सिकोड़ कर मैंने एक अंगूर बना दिया है
वह जब सड़ जाएगा, तो इसकी शराब पीते हुए
देखूँगा कि क्या दूसरे भाग गए हैं
यह कहकर—'पता नहीं ऐसा क्यों हुआ?'

मुझे बेचारा मत कहो बेचारो,
मुझे मृत कहो।
मृत्यु ही पिछली शताब्दी की
सर्वश्रेष्ठ उपलब्धि है,
तुम रुककर देखो अपने दुःख दूसरों के आँसुओं में
और जानो कि परिष्कार यही है।

हिंसा की मशीन, बिजली जाने पर,
और तेज़ चलती है।
अकारण विश्वयुद्धों में
करोड़ों का नरसंहार वह खेल था
जो प्रकृति ने रचा था,
यह बतलाने के लिए कि मूलतः
कुछ नहीं बदलता और मनुष्य
हर क्षण बदलता रहता है।

मशीन के बाद शक्ति आई
और याद रखो कि सत्य को जो मार पाए
वह बड़ा सत्य होता है।
हमें एतराज़ है उन लोगों से
क्योंकि वे अलग सोचते हैं।
हिम्मत का प्याला सबसे पहले हमारे पास आ गया था
और हमने ही सबसे ज़्यादा पिया है।
ज्ञान वही है जो हमें हो, प्रेम वही जो हमसे हो
क्योंकि लोग यदि मुझे पसन्द करेंगे
तो मैं सच हूँ।
या कम से कम वह हूँ
जो सच का उत्स है, आधार हैं,
जैसे सूरज रोशनी का इस ब्रह्मांड में।

मुझे नहीं पता सच क्या है,
हो सकता है आपको भी न पता हो
इसलिए धर्म और क़ानून और विज्ञान का विष
सुकरात को पिला देते हैं।
आख़िर प्रश्न से बड़ा है उत्तर।
संकोच से बड़ा है सन्देह।
अनिश्चित अन्तःकरण से बड़ा है आत्मविश्वास।
रात में आसमान अँधेरे में नहीं खिलता,
नए बल्ब से सब जगमगा जाता है।

तिलक प्रश्न पूछते हैं कि क्या मेरा
ख़ामोश बलिदान चाहिए
मेरे देश को?
हम उत्तर देते हैं
कि यह काफ़ी है
वैसे भी हम ख़ुश हैं।

सभ्यता जाए चूल्हे में।
तिलक देश की और
हम अपनी लाज बचाकर
चले जाते हैं।

शक्ति के बाद आती है क्रान्ति
जिस पर सिर्फ़ हमारा अधिकार है
क्योंकि दूसरे झूठे हैं।
केवल हमारा भगवान सच है
क्योंकि केवल हममें दूसरों को गाली देने की हिम्मत है।

हम सबके लिए लड़ रहे हैं
आख़िर हम पर आक्षेप तो
रेगिस्तान की रेत पर ओस की तरह है।
क्रान्ति में हिंसा तो शेर की दहाड़ की तरह है।
मूर्ख, शिकार करते समय शेर दहाड़ता नहीं।

यदि हिंसा के विरुद्ध अहिंसा जीत भी जाए
तो उसे इतना अपमानित करो कि
वह विकृत हो जाए और लोग पहले
दूसरों के प्रति अपने सम्मान से और फिर
ख़ुद से नफ़रत करने लग जाएँ।
आख़िर सफलता ऐसे ही नहीं आती,
मेहनत करनी पड़ती है।

मैं जीने के कारण मर रहा हूँ,
किसानों को देख रहा हूँ
मैं उनकी फ़सल हूँ।
इस साल भी ठीक से नहीं उग पाया हूँ,
वे निराश हैं, मैं निराश हूँ।

यह क्षमाप्रार्थी नियति है और
असम्भव आकांक्षाएँ हैं,
इन्हें मैं बाँट नहीं पा रहा।

क्रान्ति के बाद आता है सन्देह
जो अब पाप है और जिसे पवित्रता की
दरकार भी नहीं
क्योंकि एक समाज ऐसे भी चल रहा है।
अख़बारों और सभाओं से परे
यह समाज ऐसे ही चल रहा है।

यह नया पागलपन है क्योंकि
बाक़ी सारे पागलपन अब आदर्श हो गए हैं।
हम ख़ुद के कल्याण के रास्ते में
ख़ुद पर समय व्यर्थ नहीं कर सकते।
जीवन का आकाश अब परछाँई है,
सिर्फ़ एक क़दम दूर, हमेशा।

चलो, इसका इलाज हो सकता है।
इतना सोचने से कुछ नहीं मिलता।
और जो नहीं मिल सकता
वह पाने योग्य नहीं है।

शोक गीत

इस समय को
हड्डियों से बनाया है।

जब सब हार गए
तब हारे नहीं।

हम खड़े हो सकते थे,
जो नहीं हो पाए
उन्हें देखकर
बैठ गए।

वह जो हारे थे अभी
अपनी शक्ति से,
यह वही थी जो जीते थे वे
कभी।
इससे पहले हम यहीं आ चुके थे।
हम फिर से चले गए,
हम गिर रहे हैं,
हम सम्हलकर गिर रहे हैं।

सच बोल देते
तो भी यही समय आ जाता।

कहाँ भाग जाते
जब खड़े रहे।

और चीख़ते तो क्या
ख़ुद को तक सुन पाते।
रात में झींगुर की
आवाज़ की तरह
वह हमारी ख़ामोशी थी,
जिसे पहन लिया था।
वह बादल की गर्जन
के पीछे का तूफ़ान था।
कहाँ उड़ गईं सब यादें?

क्या इसलिए यहाँ
आए थे।
ऐसे जीतने,
ऐसे हारने,
ऐसे एक दूसरे को मारने।

आदमी टूट नहीं सकता।
वह मर सकता है,
मार सकता है,
टूट नहीं सकता,
तो जो टूट सकता है
उसे खोजकर
इस शताब्दी की पीठ
पर सवार जब हम आए
तब वह हिनहिनाई
'मुझे पानी दे दो।'

मैं वह कीड़ा हूँ
जो बार-बार दीवार पर
चढ़कर गिर जाता हूँ।

वह दीवार किसी दिन
घर छोड़कर भाग जाएगी।
किसी अमरूद के पेड़ पर
बैठे तोते की तरह
जब मौसम बदल जाता है।
यह जीना पड़ता है,
यह सहना पड़ता है।
इसे वह सिखाना होगा
जो बच्चों को सिखाने के पहले
माँ-बाप चले जाते हैं,
और प्रेमी ज़्यादा कहकर भी
समुद्र की लहरों पर बैठे
केकड़ों की तरह रेत में
ग़ायब हो जाते हैं।

किसी उल्का के उड़ने का
वेग सँजोए यह भाग रहा है
हमारे पीछे, आगे,
हमारे साथ, हमसे अलग।

इस समय को पसीने से,
ख़ून से,
इस समय को हड्डियों से बनाया है।

नक्षत्र

नक्षत्रों क्षति न पहुँचाओ
मेरे भीतर छिपे सपनों को,
मैंने उन्हें देखा तक नहीं।

मुझे मत बताओ वह
जो मैं हो नहीं सकता,
मुझे बताओ वह
जो हर मनुष्य, कुछ न होने के बावजूद,
होता है।

मुझे सत्य दो पर वह
जिसे मैं अनपढ़ बच्चों और हठ से लिप्त
बूढ़ों और मासूम जानवरों में बाँट पाऊँ।

मुझे साहस दो पर वह
जो मृत योद्धाओं के माँ-बाप,
हठ सम्भोग सहती स्त्रियों,
केवल अपनी भाषा के सहारे, कुपोषण
और विपन्नता
और टूटे सपनों को चटाई के ऊपर
बिछाकर मजबूरी की रजाई ताने,
सोते लोगों को दे सकूँ।

मुझे उम्मीद दो पर वह जो
अस्पताल में लाइलाज बीमारों को,
विस्थापित आदिवासियों को और
इस वीभत्स दुनिया को बनाने वाले
देवताओं को दे सकूँ।

मुझे सपने दो पर वे जो
थोपे हुए न हों, जो अपनी
पूरी विचित्रता और असम्भावना में मेरे हों
और जिन्हें मैं बाँट न पाऊँ।

मुझे भ्रम दो कि किसी कविता से
संरचना हो सकती है नक्षत्रों की।

पुरखे-1

ये पुश्तें बाक़ियों को
भगा देंगी।

किसी का बेग़ानापन बादलों में,
किसी का बिजली की कड़क में,
किसी का बारिश की गुंजाइश में।

मैं तुम्हें बिना पाए खो रहा हूँ
रोशनी ख़त्म हो रही है।

शाम को तालाब हमारे हैं
और रात और समय का
विन्यास करते स्वप्न।

पुरखे दरवाज़ों पर पहरा देते रात में
हमारे सपनों को रोक लेते हैं।

तुममें खोये हैं
तुम्हें मालूम नहीं।

पुरखे-2

विस्थापित हुए पुरखों की
आड़ में बह रही लू पर
सवार पत्तियों का
एक झुंड,
दीवार पर पसीने की तरह गिर रहा है।

आतंकित व्यक्ति का विषाद
गर्मी से जली पत्तियों में
मिलकर बह रहा है।

जो हमें बचाते थे,
वे विस्थापित पुरखे,
याद के नीचे
पेड़ों की परछाई में
छिप गए।
साँप ध्यान से रेंगे कोई जग न जाए।

बरगद की महक मन्दिर में
छिप गई, बरगद यादों में जड़ें गाड़े
खड़ा हो गया।

आसमान की आवाज़
के बीच बच्चे
अब भी रोये
और थके हुए पिता
उनमें खोये।

○○○